스물넷,
약사가
되기로
결심했다

약사의 꿈을 위해
무작정 헝가리 유학 약대생활 열정 기록

스물넷,
약사가
되기로
결심했다

이주연 지음

미래북
miraebook

Contents

Chapter 1 스물넷, 약사가 되기로 결심하다

Chapter 2 겁 없이 떠난 헝가리에서의 5년

Chapter 1

스물넷,
약사가 되기로
결심하다

엄마,
머리가 아파요

"엄마, 머리가 아파요."

엄마는 걱정스러운 얼굴로 나의 이마를 만져보셨다.

"열은 없는 거 같은데……. 머리가 어떻게 아프니?"

"잘 모르겠어. 그냥 아프고 힘들어."

"오늘은 참아보고 내일 심해지면 병원에 한번 가보자."

열이 없어서인지 엄마는 처음과는 달리 대수롭지 않은 듯 말씀하셨다.

7살. 그렇게 나의 병원 인생이 시작되었다. 내 두통의 원인을 찾기 위해 개인병원부터 시작해서 3차 병원까지 웬만한 병원은 모두 방문했다. 지금도 꽤 큰 규모에 속하는 서울의 A 병원에서는 뇌 CT와 MRI를 찍어보자고 했다. 나중에는 의사 선생님이 권하는 대로 7살 아이가 받을 수 있는 검사는 다 받았다. 그러나 결과는 늘 '정상'이었다.

마지막이라고 생각하고 갔던 K 대학병원에서의 진료는 아직도 기억난다. 머리가 하얗게 센, 나이가 지긋하신 교수님이 봐주셨는데, 아마도 소아과가 아니라 신경과 담당 교수님이었던 것 같다. 의사 선생님은 망치처럼 생긴 타진기로 내 몸의 신경 자리 이곳저곳을 두드리셨다.

"다행히 아무 이상은 없습니다. 소아 두통은 안과성 질환, 중이염 혹은 부비동염 같은 연관 질환에 의해서도 생길 수가 있어요. 너무 걱정하지 마시고 만약 두통이 빈번하게 지속되면 안과나 이비인후과에 가보는 게 좋을 것 같습니다."

이것이 진료의 끝이었다.

통계자료에 따르면, 6~12세 아이 3명 가운데 1명이 두통을 겪는다고 한다. 그런데 부모는 자칫 아이들이 머리가 아프다고 하는 것을 꾀병으로 생각하기 쉽다. 하지만 두통은 '중병의 신호'일 수도 있으므로 주의 깊게 살펴보고, 진료를 통해 정확한 원인 질환을 찾는 것이 중요하다.

소아 두통의 원인은 다양하다. 긴장성 두통에서부터 근시,

비염, 축농증, 치통 관련 두통, 경련성 질환의 두통, 뇌 질환과 관련된 두통까지. 당시 나는 감기에 걸리면 증세가 자주 축농증으로 발전하곤 했다. 그래서 두통의 원인을 축농증과 비염으로 결론지었다. 그래도 부모님은 혹시나 두통의 원인이 뇌신경계 질환에 있는 게 아닐까 더 정확한 원인을 찾아보려고 노력하신 것이다.

머리가 아프다고 하니 의사 선생님들은 진통제를 처방해주셨다. 나는 또래보다 알약을 잘 삼킬 수 있었다. 약은 싫었지만 다양한 색깔의 진통제가 신기했다. 하루는 약을 먹기 싫어서 약을 가지고 촉감 놀이를 했다. 그러면서 '왜 이 약을 먹으면 머리가 아프지 않고 괜찮은 걸까?', '아플 때는 꼭 약을 먹어야 하는구나!' 하고 약에 대해 혼자서 생각하곤 했었다.

두통의 원인이 축농증이라는 진단을 받고 나서는 신기하게도 두통이 조금씩 나아졌다. 그러나 아직 면역력이 약해서 그런지 목감기, 비염, 축농증, 중이염을 반복해서 앓았다. 심지어 중이염은 3개월 이상 낫지 않기도 했다. 나는 아데노이드(코의 뒤쪽에 위치한 삼각형 모양의 림프 조직)가 평균보다 큰 편이라서 잦은 감기와 고열에 시달렸다.

어느 날 TV를 보고 있는데 엄마가 말씀하셨다.

"주연아, 너무 앞에서 보는 거 아니야? 뒤에서 봐야지!"

TV 소리가 잘 들리지 않았던 나는 나도 모르게 점점 TV 앞으로 다가갔다. 며칠 동안 같은 일이 반복되자 엄마는 나를 종합 병원의 이비인후과에 데려가셨다. 나는 귀에 커다란 헤드폰을 쓰고 청력 검사를 받았다. 성인이라면 소리에 반응해서 버튼을 누르는 방식의 검사를 받지만, 나는 어린이라서 의사 선생님이 내 이름을 불러서 들리면 대답하는 식의 검사를 받았던 것 같다. 나는 일정 데시벨 이하의 소리를 잘 듣지 못했다. 중이염으로 청력이 많이 떨어져 있었던 것이다.

"중이염이 계속 반복되니 튜브 삽입 수술을 하는 것이 좋겠어요."

의사 선생님이 말씀하셨다.

"편도가 또래의 아이들보다 크네요. 편도가 크면 세균 감염이 자주 발생합니다. 세균이 바로 귀로 넘어가 중이염이 악화하는 겁니다. 아데노이드를 제거하는 수술도 필요합니다."

의사 선생님의 조언대로 아데노이드 제거 및 중이염 튜브 수술을 하기로 했다. 간단한 수술이라고 했지만 나는 무섭고 두려웠다. 엄마도 긴장한 모습이 역력했다.

큰 수술은 아니라곤 했지만 2박 3일 정도 입원을 해야 했다. 입원을 처음 해보는 7살 아이에게 병원은 두려움과 신기함이 공존하는 곳이었다. 입원을 하고 수술을 해야 한다는 두려움도 있었다. 동시에 아침마다 회진을 도는 의사 선생님들, 하루에도 여러 번씩 와서 살펴봐주시는 간호사 선생님들 등 모든 것이 신기한 경험이었다.

그 당시 입원 병동에서는 내가 제일 어린 환자였다. 그래서 그런지 주변 사람 모두 나를 걱정해주고 배려해줬다. 사람들의 따스한 관심을 받게 되니 몸은 아파도 마음은 편안했다. 입원 생활이 즐거웠다. 병원은 '따뜻한 곳' 같았다.

아데노이드 제거 후에는 통증을 줄이고 출혈의 합병증을 최소화하기 위해 차갑고 부드러운 음식 위주로 식사를 해야 한다. 그때 나는 아이스크림을 실컷 먹었다. 아마도 아이스크림 때문에 병원에서의 경험이 더 좋게 느껴졌나 보다. 7살의 나는 이런 생각을 했다.

'아픈 사람을 도와주는 것은 좋은 일이다.'
'의사와 간호사는 좋은 사람들이다.'
'나도 나중에 어른이 되면 이렇게 좋은 사람이 되고 싶다.'
미국의 유명한 심리학자 존 크럼볼츠는 자신의 책『천 개의 성공을 만드는 작은 행동의 힘』에서 이렇게 말했다.

"인간이 살아가면서 만나게 되는 다양한 우연적 사건들이
개인의 진로에 긍정적 또는 부정적으로 영향을 미친다."

나 또한 나의 진로를 결정하는 데 우연한 경험들이 한몫했
다고 생각한다. 돌이켜보니 2박 3일간 병원에서의 경험이 나
의 진로를 결정하는 데 긍정적 영향을 준 것 같다. 7살인 내가
'어떤 사람이 되고 싶은가?'라는 생각을 해볼 수 있었으니 말
이다.

초등학교 3학년 때의 일도 마찬가지다. 독후감 숙제로 우연
히 과학자 루이스 파스퇴르의 일대기를 읽은 적이 있다. 과학
책이라기보다는 위인전에 가까운 책이었다. 어찌 됐든 나는
그 책을 흥미롭게 읽었다. 어떤 소년이 광견병에 걸린 개에 물
렸는데 파스퇴르가 자신이 개발한 백신으로 살렸다는 이야기
였다.

그때 '백신'이라는 용어에 호기심이 생겼다. 어떻게 만드는
거지? 어디서 쓰이는 거지? 좀 더 알고 싶어졌다. 책을 통한 우
연한 간접 경험이 나의 진로와 연결된 것이다.

어린 시절 나는 서울에 있는 종합병원이라면 안 가본 데가 없을 정도로 두통이 심했다. 하지만 다행스럽게도 심각한 질병은 아니었다. 통증으로 힘들어했던 아이는 점차 나아지면서 아픈 사람을 도와주고 싶다고 생각했다.

또 백신을 개발한 과학자의 이야기를 접하고 꿈을 키웠다. 이렇게 작은 경험 하나하나가 내가 꿈을 정하고 공부를 하게 된 원동력이 되었다. 내가 미래에 진로를 선택하는 데 발판이 되기도 했다.

어쩌면 나는 7살 때부터
내 꿈을 꾸기 시작한 것일지도 모르겠다.

왜 공부해야
할까?

황현산 산문집 『밤이 선생이다』를 보면 한 어머니와 아들의 대화가 나오는데 참 재미있다. 어머니는 아들에게 공부가 오락보다 재미있는 것이라고 말한다. 공부는 할수록 수준이 높아지고 평생을 해도 끝나지 않기 때문이다. 아들은 그에 동의하면서도 반박한다. 오락은 이기건 지건 끝나면 다시 시작할 수 있지만, 공부는 그러지 못해 아득하다고.

'공부가 아득하다'는 표현에는 아마도 많은 청소년이 공감할 것이다. 나 또한 그랬다. 밑 빠진 독에 물을 붓는 것처럼 공부는 해도 해도 모자랐다. 게다가 성적이 오르지 않으면 내 속은 타들어갔다.

초등학교 5학년 때 서울에서 분당으로 이사를 갔다. 전학을 가서 처음 등교를 하는데, 하필 시험 기간이었다. 나는 이 또한 운명이라고 받아들이고 묵묵히 시험을 치렀다. 시험이 끝나기가 무섭게 아이들은 나에게 몰려왔다.

"너 국어 몇 점 받았어? 수학은? 사회는?"

"주연이는 서울에서 공부 잘했니?"

모두 전학생인 나보다 나의 시험 점수에 더 많은 관심을 보였다. 아마도 분당에서 나름 학구열이 높기로 소문이 나 있는 동네라서 더 그랬을 것이다. 대부분은 이미 선행학습을 시작하고 있었다. 수업을 들을 때도 눈이 빛났다. 한마디로 똑똑해 보였다. 나도 새로운 학교에 적응하면서 다른 아이들과 마찬가지로 이런저런 학원에 다니기 시작했다. 하지만 적응하는 데 시간이 필요했던 걸까. 공부가 재미있지 않았다.

논술 학원에 다니면서 억지로 일주일에 한 번, 정해진 책을 읽어야 했고, 5학년인데 중학교 수학을 공부해야 했다. 이때부터 나는 공부는 어렵고 힘든 것이라고 인식하게 됐다. 중학교 때는 반에서 10등 안에 드는 것도 힘겨웠다. 다들 공부를 열심히 하고 그만큼 잘했다. 나도 열심히 한다고 노력했지만 중학교 내내 10등 안에 든 적은 손에 꼽았다.

항상 시험을 보면 내가 만족할 만한 성적을 받지 못했다. 나는 그 이유를 곰곰이 생각해봤다. 집중력이 문제였다. 공부할 때 자꾸 딴생각이 나고 1시간을 오롯이 집중하기가 힘들었던 것이다. 그래서 집중력 향상을 위해 〈성적을 올리기 위한 CD〉를 사서 듣기도 했다. 하지만 큰 도움이 되지는 않았다.

나는 공부를 성실히 하는 편이었고, 성적은 중상위권에 속했다. 공부를 할수록 처음에는 성적이 오르기도 했지만 어느 구간에 이르자 더 이상 오르지 않고 정체기에 놓였다.

중학교 때 나와 거의 모든 학원을 같이 다니며 어울렸던 친구가 있었다. 그 친구는 그닥 공부를 열심히 하는 편은 아니었다. 얘기해보면 나보다 잠도 많이 자고 TV도 많이 보는 것 같았다. 그러나 어쩐지 성적은 항상 나보다 좋았다. 내신 성적은 비슷했지만 특히 모의고사 성적이 나보다 월등했다.

잠도 줄여가면서 공부한 나는 무척 억울했다. 시험 기간만 되면 '이번에도 성적이 별로 좋지 않으면 어쩌지? 걔는 분명히 나보다 잘 볼 텐데……' 미리 걱정을 했다. 시험 결과가 나오는 날에는 내내 뾰족뾰족 예민한 상태였다. 나는 성적을 올려야 한다는 스트레스 때문에 공부한 만큼의 성과를 내지 못했다. 반면, 친구는 시간을 효율적으로 관리해서 요령껏 공부하고, 충분한 휴식을 취해 좋은 성적을 받았다. 흔히 말하는 놀 땐 놀고 공부할 땐 공부하는 '엄친아' 스타일이었다.

1908년 심리학자 요크스와 도슨이 진행한 수행능력과 각성에 관한 연구에 따르면, 어느 정도의 스트레스는 성취능력도 함께 높여주지만, 그 정도가 과하면 성취능력이 떨어진다고 한다. 기억력과 집중력이 처음에는 오르다가 스트레스가 지속됨에 따라 점점 더 반대로 떨어진다. 그러니 아무리 붙잡고 있어도 집중이 흐려지고, 반복해서 읽어도 더 이상 머리에 입력이 되지 않는 것이다. 결국, 필사적으로 공부만 하는 것이 답이 아닌 것이다. 중간에 적절히 휴식도 취해야 효율이 올라간다. 공부를 즐기면서 해야 집중력도 올라가고 성적도 올라간다.

우리는 왜 공부를 즐기지 못하고 스트레스로만 여길까? 이제까지 입시 위주로 공부했기 때문이다. 대학이 인생을 결정짓는다는 뿌리 깊은 사회적 인식 때문이기도 하다. 그래서 수능 시험에 인생을 건다. 몇 년 전에 방영된 EBS 다큐프라임 〈시험-1부 시험은 어떻게 우리를 지배하는가?〉를 보면 시험에 대한 세계 여러 나라 사람들의 다양한 생각을 엿볼 수 있다.

"(시험은) 제 인생에서 매우 중요하죠."
"전쟁이에요."
"정말 신성하죠."

"새로운 진리라고 말하겠습니다."

"과정은 중요하지 않아요."

시험에 대한 생각이 천차만별이라는 사실이 놀라웠다. 누구에게는 재앙인데 누구에게는 축제다. 우리나라에서는 시험이 대학 입학의 필수 관문인 것은 맞다. 대학이 인생을 결정지을 수도 있지만, 현재는 그것이 강력한 동기부여가 되지 않는 시대이다. 본질적인 내적 동기가 진정한 배움을 경험할 수 있게 만드는 것이다.

나가오 다케시의 『논어의 말』에서는 배움의 목적에 대해 다음과 같이 말한다.

'사람은 마음의 성장을 경험했을 때 가장 크고 깊은 행복을 느낄 수 있다.'

마음의 성장을 위해 배우라는 말이다. 나는 공부의 진짜 목적을 알지 못하고 단순히 시험 성적을 올리기 위해 배움을 구했던 것이다. 돌이켜보니 공부는 나에게 스트레스를 주는 대상일 뿐이었다. 시험만 잘 보면 끝이었다.

그래서 시험을 잘 보지 못하거나 내가 만족하는 성적이 나오지 않으면 마음이 힘들었다. 답답했다. 다른 친구들은 1등도 하고 목표 점수를 달성했다고 좋아하는데, 나는 왜 공부를 해도 성적이 잘 나오지 않을까 항상 고민했다. 나름대로 성적 올리는 방법도 찾아보고, 집중력을 높이려고 노력했지만 결과는 기대에 못 미쳤다. 속상해서 울기도 많이 울었다.

그렇다면 공부가 아득하게 느껴지지 않고, 재미있어지려면 무엇이 필요할까? 내가 '왜 공부를 해야 하는지' 생각해봄으로써 공부에 대한 강력한 동기를 만들 수 있다. 스트레스를 유발하는 대상이 아닌, 재미있고 유익한 것이라는 마음가짐이 필요하다. 공부를 나의 꿈을 이루기 위한 수단이라고 생각하면 좀 편한 것 같다.

우리는 입시 위주로 공부를 하기 때문에 스트레스를 받는다. 지금 하는 공부가 미래에 이루고 싶은 목표에 도달하기 위한 하나하나의 성취라고 생각해보자. 그것을 이루기 위해 나아가는 과정이라고 생각해보자. 스트레스가 전혀 없지는 않겠지만 더 즐겁게 공부할 수 있을 것이다. 다시 말하지만 나에게도 공부는 항상 스트레스였다.

하지만 어느 순간 공부는
내 꿈을 이루게 해줄 가슴 뛰는 과정이 되었다.

사람은 마음의 성장을 경험했을 때
가장 크고 깊은 행복을 느낄 수 있다.

나의 롤 모델은
천재소녀 과학자

"뭔가를 해야겠다고 마음먹으면 지나칠 만큼 열정적으로 파고들어야 한다.

나는 평생 동안 사람들에게 이 사실을 깨닫게 만들려고 노력했다.

지속적으로 강렬하게 집중하면 그들 안에 있는 잠재력을, 자신도 갖고 있는지 몰랐던 잠재력을 끄집어낼 수 있다는 사실 말이다."

폴라로이드를 발명한 에드윈 랜드의 말이다. 나는 순간 뜨끔했다. 학창 시절에 나는 공부를 재미없는 스트레스 덩어리라고 생각했기 때문이었다. 당연히 나의 모든 잠재력을 끄집어낼 만큼 몰입하지도 못했다. 나는 그동안 겉핥기식으로만 공부한 것이다. 그저 공부가 재미있어지길 바라기만 했지, 열정적으로 파고들 시도는 하지 않았다. 그래서 그런지 수능이 끝나고 대학생이 되어서도 한동안 수능 시험을 다시 보는 꿈이나 고등학교 교실에서 공부하는 꿈을 자주 꾸었다. 온 힘을 다하지 못하고 보낸 시간이 아쉬웠나 보다.

지금은 TV를 거의 보지 않지만 학창 시절에는 꽤 즐겨보는 편이었다. 1999년 겨울, 중학교 3학년을 앞두고 있을 때였다. 그 당시 내가 빼먹지 않고 시청한 드라마는 〈카이스트〉였다. 이 드라마는 나에게 대학 생활의 로망을 심어주기도 했다. 밤새워 공부하고, 연구하는 모습이 왠지 멋있어 보였다. 그중에서 인상 깊었던 장면은, 한 여대생이 오랫동안 고민하던 문제의 해결책이 머리에 떠오른 순간, 식판을 떨어뜨리고 무언가에 홀린 듯 연구실로 달려가는 것이었다. 얼마나 문제에 몰입했기에 식판이 떨어진 것도 몰랐을까?

그즈음 나는 내가 원하는 만큼의 성적이 나오지 않는 이유를 집중력 때문이라고 생각하고 있었다. 그래서 그 장면이 꽤 충격적이었던 것 같다. 나는 그래본 적이 없으니 말이다. 한편으로는 실제로 이런 사람이 있을지도 궁금했다. 찾아보니 드라마 속 여대생은 천재소녀 윤송이 씨를 모델로 한 것이었다. 윤송이 씨는 서울과학고를 2년 만에 졸업하고, 카이스트에 진학해 3년 6개월 만에 졸업한 수재였다. 미국 MIT에 가서 박사과정을 마친 후 맥킨지, SK텔레콤 상무를 거쳐, 현재는 엔씨소프트 CEO를 역임하고 있다.

그녀의 이력을 보면 '최연소'라는 수식어가 여러 군데 붙어 있다. 한국인으로서는 최연소 MIT 박사이자 최연소 대기업 상무였다. 이것만 보더라도 그녀는 천재임이 틀림없다. 윤송이 씨의 박사과정 졸업 기사를 본 나는 생각했다. '나도 윤송이 박사처럼 되고 싶다. 그러기 위해서는 이공계열에 진학해야겠지. 졸업하고 대학원에 입학해서 연구하고 싶다.'

그렇게 고등학교 1학년, 문과와 이과 중 어느 곳으로 갈지 선택의 시간이 왔다.

"엄마, 나 다음 주까지 문·이과 선택해야 해. 나는 이과로 거의 마음을 결정했어. 담임 선생님께도 그렇게 말씀드리려고."

나는 상의라기보다 내 결정을 통보하듯 말했다. 엄마는 나의 결정에 답을 해주시지 않고, 아빠와 같이 의논해서 결론을 내리자고 하셨다. 그날 밤 나는 아빠에게 이과를 가고 싶다고 말씀드렸다. 아빠는 나의 결정에 당황한 눈치셨다.

"주연아, 너 수학이랑 과학 성적이 월등히 높지는 않은 거 같던데, 이과는 수학과 과학을 잘해야 힘들지 않게 적응을 할 수 있을 거야. 아빠 생각에는 대학에 조금 편하게 갈 수 있고, 쉽게 공부할 수 있는 문과가 좋을 거 같은데……."

나는 아빠의 한마디에 눈물을 글썽거렸다. 나도 알았다. 내가 이과 과목 성적이 뛰어나게 좋지는 않다는 것을. 그걸 그렇게 콕 집어서 말씀하셔서 한편으로는 자존심이 상하기도했다.

"아빠, 나도 알고 있어. 그렇지만 그건 노력하면 충분히 따라잡을 수 있을 것 같아. 대학에 가기 쉽다고 좋아하지도 않는 문과를 선택할 수는 없어."

나는 내 생각을 조곤조곤 말씀드렸다. 그러자 아빠는 그럼 한번 해보라고 나의 결정을 믿어주셨다. 사실 나는 수학을 그리 좋아하지는 않았다. 화학, 생물, 물리, 지구과학 중에서는 화학에 흥미가 있었다. 누군가 내게 이과에 가야만 하는 이유가 무엇이냐고 묻는다면, 내가 닮고 싶은 사람인 윤송이 박사 때문이라고 말하고 싶었다. 그녀처럼 되고 싶다는 꿈이 이미 내 가슴속에 단단히 자리 잡고 있었던 것이다.

『논어의 말』에 "자신의 가능성을 함부로 부정하지 말라"는 구절이 있다. 수학과 과학을 잘하지는 않지만, 그것이 불가능하다며 나의 한계를 단정짓고 싶지 않았다. 나의 가능성을 부정하지 않고, 겁먹지 말고, 하는 데까지 최선을 다해보고 싶었다.

고등학교 3년이 지나, 수능 시험이 끝나고 원서를 써야 할 때가 왔다. 내가 목표로 했던 대학들은 점수가 미치지 못해 원서를 쓸 수 없었다. 고등학교 1학년 때 문과와 이과, 그 두 갈래 길에 섰을 때처럼 고민의 순간이 찾아왔다. 학교와 학과 모두를 점수에 맞춰서 가기는 싫었다. 학교를 선택하느냐, 학과를 선택하느냐의 문제였다.

그렇게 고민을 거듭하고 있을 때 또다시 드라마 〈카이스트〉가 떠올랐다. 등장인물 중에 윤송이 씨를 모델로 한 그 여대생이 내가 닮고 싶은 인물이었다면, 나와 비슷하다고 생각했던 인물이 있었다. 뛰어난 두뇌를 자랑하는 건 아니지만, 노력만큼은 누구보다 대단한, 그 인물이 한 말이 떠올랐다.

"전 열심히 하는 건 자신 있습니다. 그리고 무선 통신 이거 아주 재미있습니다. 졸업해서 돈 많이 안 벌어도 되고요. 그냥 언젠가 나라에 도움이 되는 멋진 거 하나 만들고 싶습니다. 머리가 나빠서 남들보다 좀 오래 걸리겠지만요. 그래도 좀 기다려주시고, 지켜봐주세요."

그의 말은 마치 나를 대변해주는 것 같았다. 나의 마음이 울

렸고 나의 가슴은 쿵쾅거렸다.

"학부 때 실험을 하나 시킨 게 있어. 열일곱 번 실패하더라고. 남들은 세 번이면 완성할 걸 열일곱 번이나. 그리고 두 달 만에 해냈어. 그게 중요한 거야. 연구란 건 성적 좋은 사람이 하는 게 아니야. 끝까지 포기하지 않는 사람이 하는 거지."

그 학생을 두고 교수님이 한 대사도 내게 말하는 듯 와닿았다. 사실 나는 고등학교 3년 내내 성적이 별로 좋지는 않았다. 슬럼프에 빠져 의욕 없는 날들을 보내기도 했다. 그래도 대학에 가서 화학을 공부하고 싶다는 꿈은 놓지 않았다. 포기하지 않고 연구자로서 성공하고 싶었다. 그래서 학교냐, 학과냐의 두 갈래 길에서 과감히 학과를 선택하기로 했다.

생각해보면 공부는 다른 사람에게 인정받는 것이 아닌 '내가 하고 싶은 일을 하기 위한 수단'인 것이다. 공부를 할 때 목표를 정하고 시작하는 것처럼 내가 닮고 싶은 사람을 정해보자. 롤 모델은 꿈을 이루는 데 힘이 돼주고 공부의 방향을 잡아줄 수 있다. 닮고 싶은 사람을 통해 공부의 목적을 생각해보고 성취해 나간다면 공부는 훨씬 쉽고 편해지지 않을까?

방황 속에서
피어난 꽃

특별한 것을 동경하던 때가 있었다.

나는 특별한 운명을 타고났다고, 남다른 삶을 살 거라 믿었다.

죽어도 평범해지진 않을 거라 다짐했었다.

평범하다는 것은 흔한 것, 평범하다는 것은 눈에 띄지 않는 것,

평범하다는 것은 지루하다는 의미였다.

그때의 나에게 평범하다는 것은 모욕이었다.

    JTBC 〈청춘시대〉의 대사처럼 나도 특별함에 대한 막연한 동경이 있었다. 자라오면서 안정적이고 평범한 것에 대한 답답함을 느꼈다. 특별한 사람이 되고 싶다는 욕구가 있었다. 평범함을 지루하다고만 생각하고 감사한 줄 몰랐다. 나도 윤송이 박사처럼 천재가 되었으면 하고 상상을 펼치곤 했었다. 그래서 대학에만 들어가면 모든 것이 특별해질 줄 알았다. 평범한 고등학교 시절을 보내면서 대학 생활에 대한 꿈과 설렘이 있었다. 대학에 가면 지금과는 다른, 온전한 어른이 될 줄 알았다. 하지만 나의 대학 생활은 내가 생각했던 '특별함'과는 다르게 흘러갔다.

대학 생활을 특별하게 만드는 것 하나를 꼽으라면, 그건 바로 연애일 것이다. 대학생이 되면 내가 정말 좋아하는 사람을 만나 특별한 연애를 할 수 있을 줄 알았다. 입학하고 얼마 지나지 않았을 때쯤, 드디어 나는 고등학교 때 그렇게 바라던, 미팅을 하게 되었다. 설레는 첫 미팅이었다. 당장 미적분 시험이 있는데도 불구하고 참을 수 없는 호기심으로 참여했다.

그날 엄청난 폭우를 뚫고 나는 친구들과 강남역에 갔다. 그러나 현실은 드라마와 달랐고, 내가 기대했던 설렘과 재미는 없었다. 미팅 내내 '아, 그냥 미적분 공부나 계속할걸' 하면서 후회를 하느라 미팅에 집중할 수 없었다. 나중에 친구들에게 들었는데, 내가 피자를 너무 우걱우걱 먹고, 말도 거의 하지 않아 엄청 화가 난 줄 알았다고 했다. 그렇게 인생 첫 미팅은 허무하게 끝났다. 그 후에도 대학 4년 내내, 소개팅이나 미팅이

들어오면 기대를 하고 나갔지만, 실망의 연속이었다. 내가 눈이 너무 높아서였을지도 모르겠다. 나는 내가 원하는 이상형의 남자친구를 만날 수 없었다. 대학 생활의 연애는 특별할 줄 알았는데 어느 순간 평범해져 있었다.

연애뿐만 아니라 진로 문제도 내가 생각했던 것과는 달랐다. 2학년 때는 친구 따라 강남 가려다가 중간에 포기하기도 했다. 사실 나는 대학에 입학하면 진로에 대한 고민을 할 필요가 없을 줄 알았다. 그래서 2학년 때 같은 과 친구들이 부전공을 신청할 때도 멍하니 있었다. 1학년 때와 달리, 이제 밥을 사주거나 수강 신청을 도와주는 선배들도 곁에 없었다. 그런 나에게 친한 친구 한 명이 교육학을 부전공으로 하자고 먼저 얘기해 준 것이다.

나중에 교육대학원에 가면 임용고시를 볼 수도 있다고 하니 좋을 것 같았다. 원래 나의 꿈은 화학 연구원이었지만 화학 선생님도 나쁘지 않을 것 같았다. 교사라는 직업은 모두가 선망하는 만큼 안정적이니까.

결국 나는 친구를 따라 교육학을 부전공으로 선택했고, 1년간 교육학 관련 5과목을 들어봤다. 하지만 내가 하고 싶어서 선택한 것이 아니어서인지 갈수록 어렵고 지루하기만 했다.

더구나 교육대학원을 졸업한다고 해도, 임용고시의 높은 경쟁률을 뚫고 합격할 자신이 없었다. 무엇보다 반드시 선생님이 되어야겠다는 동기가 없었다. 그즈음 나는 자각했다. 나는 저절로 특별해지기만을 바라며 노력하지 않았고, 남들은 알아서 하는 부전공 선택조차 넋 놓고 있었던 것이다. 나는 스스로에게 실망했다.

대학 생활을 얘기하자면 아르바이트가 빠질 수 없다. 나는 대학에 입학해서도 계속 부모님께 용돈을 받아왔다. 마음이 불편했다. 학비는 부모님께 도움을 받더라도 용돈은 스스로 벌어서 해결하고 싶었다. 부모님에게 의존하는 삶을 벗어나야 특별해질 수 있을 것만 같았다. 그래서 대학교 1학년 여름방학부터 아르바이트를 시작했다. 아르바이트도 취업과 비슷했다. 신입보다는 경력자를 선호해서 그런지, 여러 군데 면접을 봐도 줄줄이 떨어졌다. 나는 그때 현실의 쓴맛을 처음 맛보았다.

그러다가 간신히 구한 아르바이트가 '베스킨라빈스'였다. 사 먹을 땐 단순히 아이스크림을 퍼주기만 하면 되는 일이라 생각했었는데, 익숙해지기까지 시간이 많이 걸렸다. 팔목이 떨어져 나갈 듯이 아픈 건 물론, 손이 느려서 애를 먹었다. 손님들에게 불평도 여러 번 들었다. 집에 가져가서 보니 아이스크림이 녹아 있었다는 것이다. 두 번째로 일했던 카페에서도 마찬가지의 이유로 고생해야 했다. 손이 느려서 요령껏, 능수능란하게 일하게 될 때까지 남들보다 시간이 더 필요했다. 하지만 일이 익숙해질 무렵, 아무래도 서비스직은 나에게 맞지 않는 것 같다는 생각이 들었고, 다른 일을 찾아보기로 했다.

이후에 한 아르바이트는 수학 과외였다. 회사에 선생님으로 등록하면 학생을 연결시켜주고 시간당 급여를 받는 시스템이었는데, 처음 몇 개월은 월급을 꼬박꼬박 받을 수 있었다. 그러나 시간이 지나자 회사는 월급을 차일피일 미루더니 급기야 폐업을 했다. 사기를 당한 것이다. 내가 미처 받지 못한 월급은 80만 원 정도였다. 다행히 나중에 사기를 당한 사람들이 힘을 합쳐 변호사를 선임했고, 나도 그동안 일했던 것을 증명하여 40만 원 정도를 받을 수 있었다.

아무래도 대학생 신분으로는 내가 바라던 경제적 독립이 쉽지 않았고, 3학년 2학기쯤에는 공부에만 전념하는 것이 낫겠다는 판단이 들어 아르바이트를 그만두었다.

대학 생활에 대한 막연한 동경으로 힘든 고등학교 시절을 버텼다. 대학에 가면 저절로 모든 것이 특별해질 줄 알았다. 그러나 특별해지기는커녕 평범하게 살아가는 것도 힘들었다. 남들은 무난하게 잘만 하는 연애, 진로 선택, 아르바이트가 내게는 버겁기만 했다. 그나마 아르바이트를 통해서 나에 대해 조금 파악한 정도였다. 또한 나는 대학에 합격한 이후부터 진로에 대해 적극적으로 고민해보지 않았다. 남들은 알아서 필요한 것들을 척척 챙기는데, 나만 제자리인 것 같았다. 그런 내가 봉사활동을 시작하면서 그것이 내게 평범하면서 특별한 무언가가 돼주었다.

봉사활동은 사회봉사 과목을 수강하면서 시작되었다. 기관에 가서 봉사활동을 하고 리포트를 쓰면, 시험을 치르지 않고도 학점으로 인정되는 과목이라 가벼운 마음으로 수강했다. 나는 집 근처의 종합병원에서 일주일에 한 번씩 자원봉사를 했다.

처음에는 처방전 발행을 돕는 일을 했다. 대형 병원에서는 원외 처방전을 받으려면 환자들이 발급기를 사용하여 처방전을 직접 받아야 한다. 병원에 처음 방문하거나 나이가 많은 분들은 기기 조작법을 몰라 힘들어하시는데, 그것을 돕는 것이 내 일이었다. 최대한 천천히, 친절하게 발급을 도와드리면 환자분들이 굉장히 고마워하셨다.

그 일을 하면서 내가 하는 사소한 일이 사람들에게 도움을 주고, 기쁨을 줄 수 있다는 사실이 놀라웠다. 덩달아 나도 기쁨을 느끼고 있었다.

하루는 병원에서 당뇨병 환자들을 위한 운동 캠페인을 진행했다. 그중에 자원봉사자들과 환자들이 함께 체조하는 프로그램도 있었다. 나는 원래 남들 앞에 서는 것을 굉장히 부담스러워하고 별로 좋아하지 않는다. 이런 내가 많은 환자 앞에서 노래에 맞춰 체조를 선보였다. 아마도 남을 도와주어야 한다는 사명감에 부끄러움도 잊은 채, 보람을 느끼면서 했던 것 같다. 수업에서는 봉사활동 시간을 10주만 채우면 됐지만 나는 어느새 10개월 넘게 봉사활동을 이어가고 있었다.

　　시간이 지나 내 일은 가정방문을 하는 간호사에게 의약품을 전달하는 것으로 바뀌었다. 그렇게 일하는 중에 나는 진로에 대해 진지하게 다시 고민하게 됐다. 내가 하는 일은 단순한 전달 업무지만, 실수하면 환자가 위험해질 수 있다는 사명감으로, 재차 확인하며 일했다. 어린 시절 내가 병원에 입원했던 때도 떠올랐다. '아픈 사람을 위해 도와주고 싶다'라는 생각이 다시 한 번 떠오른 것이다. 대학 생활 중 내게 봉사활동만큼 가치 있게 느껴진 일은 없었다. 나는 남을 도와주고 보람을 느낄 수 있는 일을 하고 싶어졌다.

　　"연꽃이 핀 날,

내 마음은 방황하고 있어서 꽃이 핀 것을 알지 못했습니다.

내 바구니는 비어 있었지만 꽃은 내 눈길을 끌지 못했습니다.

그때 나는 알지 못했습니다.

꽃이 그토록 가까이 있음을. 또 그 꽃이 나의 것임을.

그 완벽한 향기가 내 마음 깊은 곳에서 피어나는 것임을."

인도 시인 라빈드라나드 타고르가 쓴 『기탄잘리』의 한 구절이다. 내 속에 피어나는 꽃을 나는 알지 못했기에 마음의 방황을 했다. 나는 대학교 4년 동안 제 2의 사춘기를 보냈다. 나의 꿈을 찾기 위해 정말 먼 길을 돌고 돌아온 느낌이었다.

하지만 그 시간을 통해 나의 꿈은 명확해졌다. 방황은 이제 끝이었다. '아픈 사람을 도와주고 싶다'는 생각이 확고해졌기 때문이다. 그러려면 의료인이 되어야 했다. 간호사? 약사? 의사? 사회복지사? 그중에 내가 고등학교 때 꿈꾸었던 화학 연구원과 가장 비슷한 약사가 되고 싶었다. 그래서 약대 편입을 결심했던 것이다.

약대 편입 실패,
비로소 깨달은 것

"실패는 실패가 아니라 잘못된 방법을 알게 되는 기회다.
그러므로 곧바로 다른 방법을 찾아 다시 도전하면 된다."

성공하려면 실패가 꼭 필요하다는 사이토 히토리의 말이다. 나도 '실패는 성공을 위한 과정이며 두렵지 않고 이겨낼 수 있다'고 항상 생각해왔다. 그러나 막상 목표를 이루고자 한 도전에서 두 번의 실패를 경험하게 되니 하늘이 무너지는 것 같았다.

내가 약대 편입을 하겠다고 결심했을 때 첫해에 합격하리라고는 생각도 하지 않았다. 워낙 뽑는 인원이 적었고 그에 비해 경쟁률은 굉장히 높았다. 그래서일까, 처음 실패를 했을 때는 오히려 패기가 넘쳤다. '다음 해에 꼭 붙으면 되지. 올해는 연습 삼아 시험 본 거라고 생각하자. 나는 내년에 약대에 합격한다.' 이렇게 마음을 먹었다.

그 당시 나는 365일 거의 매일 공부만 했다. 친구들도 멀리하고 연락도 차단한 채, 독서실만 출퇴근했다. 그렇게 열심히 했는데 두 번째에도 불합격이었다. 무엇이 잘못이었을까? 기대가 크면 실망도 크다. 첫 번째 도전은 실패했지만 두 번째는 합격할 줄 알았다. 나 자신에게 크게 실망해서 도무지 의욕이 회복되지 않았다.

그래도 실패를 받아들이고 인정하려고 노력했다. 하지만 나의 몸과 마음은 지쳐 있었다. 한 달 동안 서울과 지방을 오가며 시험을 보러 다닌 곳만 10곳이 넘었으니 그럴 만도 했다. 결국, 탈이 났다. 장염 증세가 있어서 고생을 하다가 옆구리 쪽 신경절 부위가 따끔따끔하고, 몸이 신경통처럼 욱신욱신 쑤셨다.

"최근에 스트레스를 많이 받았나 봐요? 발진과 수포가 띠 모양을 이루는 것으로 보아 대상포진이에요. 그렇게 심한 것은 아니고 초기 증상이에요. 한 달 정도는 약 먹고, 밥 잘 먹고, 푹 쉬면 좋아져요. 근데 직장인도 아닌 젊은 학생이 걸렸네요."

대상포진은 몸 안에 잠복해 있던 수두-대상포진 바이러스가 면역력이 떨어지면서 활성화되는 질병이다. 장염에 대상포진까지, 이젠 정말 휴식이 필요했다. 집에서 쉬는 동안 시험 생각은 접어두려고 했지만 마음대로 되지 않았다. '그렇게 열심히 했는데, 도대체 왜 합격하지 못했을까?' 그 이유를 곰곰 생각해봤다. 그러다 실패한 세 가지 이유를 깨달았다.

첫째, 시험공부를 할 때 아낌없이 비용을 썼어야 했다. 공부도 투자다. 그때 나는 아르바이트도 하지 않으면서 부모님께 학원비 부담을 드리는 게 죄송스러웠다. 그래서 영어는 학원에 다니면서 꾸준히 했지만, 전공은 부족한 부분만 골라 인터넷 강의로 들었다. 그렇게 하는 것이 돈과 시간을 절약할 수 있는, 효율적인 방법이라고 생각했다. 하지만 약대 편입 방식에는 맞지 않았던 것이다.

워낙 인원을 적게 뽑는 시험이라서 합격 안정권에 들려면, 전공 시험은 한두 개 정도만 틀려야 한다. 시험 문제는 중요한 것뿐 아니라 구석구석에서 출제된다. 결국, 모든 이론의 내용을 완벽하게 암기해야 한다. 나는 중요한 부분 위주로만 공부하느라 사소한 부분까지 신경을 쓰지는 못했다. 인터넷 강의보다는 시험 스타일을 정확히 알려주고, 기본부터 꼼꼼히 도와줄 수 있는 학원에 다녀야 했던 것이다.

둘째, 공부할 때 적당한 긴장감이 필요했다. 나는 그 흔한 스터디 모임도 하지 않았다. 오히려 주변을 신경 쓰고 싶지 않아서 다 차단했다. '무소의 뿔처럼 혼자서 가라'는 법정 스님의 말대로 정말 혼자서 공부했다. 혼자서 공부하니 편해서 좋기는 했지만 실력을 정확히 알 수 없었다.

지피지기면 백전불태라고 했다. 시험은 상대평가다. 경쟁자들의 수준을 파악하는 것도 합격의 방법이다. 나는 혼자 공부하느라 가장 중요한 부분을 놓치고 말았다.

셋째, 공부에 완전히 몰입하지 못했다. 나는 하루에 적게는 5시간, 많게는 10시간 이상을 앉아서 공부했다. 과연 그 시간 동안 온전히 집중했냐고 묻는다면, 자신 있게 그랬노라 대답할 수 없었다. 공부 시간을 채운 것에 만족감을 느끼며, 공부가 끝나면 마음까지도 덮어버렸다. 그러니 자리에서 일어나면 백지 상태로 돌아갔다.

합격하려면 머리로나 마음으로나 공부에 대한 끈을 항상 붙들고 있어야 한다. 아무리 10시간을 엉덩이 붙이고, 스트레스를 받으면서 공부해도 소용없다. 밥을 먹으면서도, 샤워를 하면서도, 심지어 꿈에서까지도 공부를 해야 합격할 수 있는 것이다.

빌 게이츠는 청소년 시절부터 컴퓨터 앞에 앉으면 10시간은 기본이었다고 한다. 시간이 아까워 식사도 햄버거 하나로 대신했다. 도저히 졸음을 참을 수 없을 때만 컴퓨터 앞에서 잠깐 단잠을 잘 정도로 컴퓨터에 매달렸다. 그러나 나는 그렇게까지 열정을 다해 공부하지는 못했다. 그때 나는 직장에 다니지도 않고, 학교에 다니지도 않고, 오로지 공부만 하는 수험생이었다. 다른 것은 하나도 신경 쓸 필요 없이, 합격을 위해 공부만 하면 됐다.

하지만 그때는 수험생이라는 사실이 왜 그렇게 버거웠는지. 오히려 직장 다니면서 공부하거나 육아하면서 공부하는 사람들이 부러웠다. 내 상황이 감사한 줄도 모르고 힘들어했다.

나중에 들은 이야기지만 엄마도 나를 보면서 굉장히 속상하셨다고 한다. 꽃다운 나이에 츄리닝만 입고, 365일 집 앞 독서실만 들락거렸으니 그럴 만도 했다. 졸업하고 마음 편히 놀지도 못하고, 연애도 못하고…… 딸의 청춘이 그냥 흘러가는 것 같았다고. 그래서 약대 편입을 그만두고 다른 길을 찾아보라고 권유하고 싶었지만, 차마 내게 그 말을 할 수 없었다고 한다.

그 말을 듣자 어렴풋이 기억이 났다. 내가 편입 공부에만 신경 쓰고 있을 때 엄마가 몇 번이나 신문에 난 대학원 입학 요강을 오려서 보여주셨다. 내가 자존심이 상할까봐 다른 말은 덧

붙이지 않고, "이런 것도 한번 해봐" 하며 슬며시 내밀기만 하셨다. 그때마다 나는 지금은 약대 편입이 내 인생의 목표라며, 대학원은 생각도 안 하고 있다고 짜증을 냈던 것 같다. 엄마가 얼마나 속으로 답답하셨을지 그 마음을 나는 나중에야 알 수 있었다.

결론적으로 나는 편입에 실패했다. 몸도 마음도 한꺼번에 무너져 내렸다. 하지만 실패의 원인을 분석하면서 나는 한 뼘 더 성장했다. 앞으로 다가올 도전에서는 이와 같은 실수를 되풀이하지 않겠다고 마음먹었다.

돛단배는 풍랑을 맞지 않고는 자신의 길로 나아가지 못한다.

박노해 시인의 「아무것도 하지 않으면」의 한 구절이다. 아무 고생도 하지 않으면 아무 전진도 하지 못한다는 뜻을 담고 있다. 실패의 결과를 인정하고 받아들이면 큰 배움이 될 수 있다. 나는 비록 약대 편입에 합격하지는 못했지만, 아무것도 도전하지 않은 것보다는 훨씬 더 값진 시간을 보냈다고 생각한다.

영알못 외대생,
7개국어 언어천재 다니엘을 만나다

나는 한국외대를 졸업했다. 그래서인지 사람들은 나를 보면 항상 이렇게 말했다.

"영어는 기본적으로 잘하겠네요."

하지만 그 말을 들을 때마다 나는 작아졌다. 왜냐하면, 나는 생각만큼 영어를 잘하지 못했기 때문이다. 외대라는 특수한 환경 때문에 항상 주변에 외국인 학생이나 교수님들이 많았는데, 간혹 그들이 길을 물어보거나 말을 시키려고 할 때마다 나는 도망 다니기 바빴다. 그러다 대학교 3학년 때 더는 영어 때문에 도망가거나 주눅 들고 싶지 않았다. 영어와 정면승부를 보기로 한 것이다. 나는 곧바로 영어회화 수업을 신청했다. 영어로만 진행되는 수업은 처음이라 많이 긴장한 채로 수업에 들어갔다. 첫날, 교수님은 한 명씩 불러 대화를 시작하셨다.

"Hello, How Are You?"
"I Am Fine. And, And you?"

첫 문장을 간신히 알아듣고 교과서에 나오는 그대로 대답했다. 그러나 그 이상 들리지 않았다. 간단한 회화인데 더는 대화를 이어 나갈 수가 없었다. 충격이었다. 이러다가는 좋은 성적을 받기 어렵겠다 싶어, 수업 직후 '영어회화' 대신 '영어독해'로 과목을 변경했다. 나중에는 이 선택을 두고두고 후회했지만. 그때 어떻게든 원어민과 영어회화를 하면서 영어능력을 향상했어야 했는데 말이다.

4년 후에도 비슷한 경험을 했다. 내가 약대 편입에 실패하고 우울한 나날을 보내고 있을 때 여동생은 노르웨이에서 공부 중이었다. 부모님은 머리도 식힐 겸 새로운 세상을 보고 오라며 내게 노르웨이 여행을 권하셨다. 그리하여 나는 혼자서 노르웨이로 가는 비행기에 탔다. 노르웨이는 직항이 없어서 경유를 해야만 갈 수 있다. 그때 나는 파리를 경유하는 경로를 선택했는데, 비행기에서부터 내가 정말 외국에 간다는 사실을 실감했다.

비행기에는 한국인은커녕 아시아인도 드물었다. 멋진 유럽인 남자 승무원이 내게 말을 걸었는데 정말 하나도 알아들을 수 없었다. 어렴풋이 나를 도와주겠다는 이야기 같았다. 나는 머뭇머뭇 'Yes'만 남발하며 승무원을 피했다. 얼굴이 새빨개질 만큼 엄청 부끄러웠다. 이때 나는 마음을 단단히 먹었다. 더 이상 영어를 피하지 말고 부딪쳐봐야겠다고. 4년 전 포기했던 영어회화 공부를 다시 해야겠다고 결심한 것이다.

본격적으로 '노르웨이에서 석 달 살기'가 시작됐다. 대부분 노르웨이 사람들은 영어를 자유롭게 구사할 줄 안다. 세계 최대 영어 능력 평가지수 순위에서 72개국 중 4위이기도 하다. 참고로 우리나라는 27위다. 전 국민이 영어를 잘하는 데는 다양한 이유가 있었다. 가장 큰 요인은 지상파 방송에서 더빙 없이, 영어 TV프로그램이 온종일 방영된다는 점이다. 노르웨이 친구들은 영어를 따로 공부한 게 아니라 TV를 시청하면서 자연스럽게 습득했다고 이야기했다.

나는 노르웨이에 있으면서 시간을 헛되이 쓰지 말고, 영어를 배우기로 마음먹었다. 영어권 국가는 아니지만, 대부분이 영어를 잘한다는 점을 활용하면 될 것 같았다. 나는 그렇게 여

영어 때문에 주눅 들고, 도망가기 바빴던 내가
'노르웨이 석 달 살기'를 통해
본격적으로 영어와 정면승부하기로 한 것이다.

동생과 함께 외국인 친구들과 어울리는 동안 내가 암기한 영어 문장을 하나라도 더 말하려고 노력했다.

노르웨이 친구들은 영어뿐만 아니라 다양한 언어를 구사할 수 있다. 노르웨이 주변에는 스웨덴, 덴마크가 인접해 있다. 세 언어에 유사한 점이 많아 각자 언어로 말해도 의사소통이 어느 정도는 가능하다. 그래서 노르웨이 사람이라면 3개국어를 기본으로 할 수 있다. 그 때문에 그들은 한국인인 내가 당연히 중국어와 일본어를 할 줄 안다고 생각했다. 그 사실이 내게는 충격이었다. 그러던 어느 날 나에게 큰 자극이 있었다.

동생 친구 중에 다니엘이라는 스무 살 청년이 있었다. 다니엘은 영어는 기본이고 한국어, 일본어, 중국어, 스웨덴어, 덴마크어, 자국어인 노르웨이어까지 합쳐서 7개국어를 하는 언어 천재였다. 그는 동아시아에 굉장히 관심이 많았는데, 특히 한국을 좋아했다. 한국어를 배우는 중이라 동생과도 친해질 수 있었다.

나는 7개국어를 마스터한 비법을 알아내기 위해 다니엘을 유심히 관찰했다. 우선 그는 다른 나라의 문화에 관심이 많았다. 그래서 새로운 언어를 배울 때 그 나라의 드라마를 굉장히 많이 봤다. 한국드라마도 얼마나 많이 봤는지, 우리와 드라마나 연예인 이야기를 할 때 막힘이 없었다. 또한, 음식에도 관심이 많아서 함께 한국음식을 요리해 먹으며 더 친해졌다. 그 친구가 해준 오징어채볶음이 너무 맛있어서 아직도 기억에 남는다.

다니엘은 이런 식으로 한국어뿐 아니라 일본어, 중국어도 마스터했다. 그리고 결정적으로 자기가 배우고 싶은 언어가 생겼을 때 직접 그 나라에 갔다. 거기서 몇 달 정도 머무르면서 언어도 배우고, 문화도 경험해보는 것이다. 이렇게 언어를 배우니 재미가 없을래야 없을 수가 없다. 그동안 나는 책상 앞에 앉아서 지루하게 영어 공부를 해왔다. 그래서 말도 못하고 들리지도 않았던 것이다.

나는 일주일에 세 번 정도 외국인 친구들과 모임을 했다. 노르웨이 사람뿐만 아니라 다양한 국적의 친구들이 있었는데, 나이는 나보다 어리거나 비슷했다. 그들 모두가 영어를 잘하는 건 아니었지만 완벽하지 않아도 자신 있게 말했다. 미래에 대해서도 심각하게 고민하지 않고 긍정적인 태도로 바라보고 있었다. 이들과 어울리다 보니 나 또한 어느 순간부터 영어로 말하는 것에 자신감이 생겼다. 그리고 문득 '나도 외국에서 공부해볼까?' 하는 생각도 들었다. 공부를 꼭 한국에서만 해야 할 이유는 없었다.

　　"자신의 꿈을 찾아내야 해요.
　　그러면 길은 쉬워지지요.
　　그러나 영원히 지속되는 꿈은 없어요.
　　어느 꿈이든 새 꿈으로 교체되지요.
　　그러니 어느 꿈에도 집착해서는 안 됩니다."

　헤르만 헤세의 『데미안』에서 데미안의 어머니 에바 부인이 싱클레어에게 해주는 말이다. 꿈은 항상 바뀔 수 있다. 새로운 꿈이 생길 수도 있다. 나는 노르웨이에서 다양한 외국인 친구들을 만났다. 그리고 자연스레 나도 그들처럼 외국에서 공부하고 싶다는 생각을 할 수 있었다. 한국이 아닌 곳에서 영어로 수업을 듣고, 공부하는 내 모습을 상상하니 가슴이 뛰었다.

　나에게 새로운 꿈이 생긴 것이다.

우물 안 개구리에서
벗어날 수 있을까?

　내친 김에 동생 친구 중에서 오슬로 대학교 화학과대학원에 다니고 있는 나이지리아인 친구에게 상담을 해보기로 했다. 그 친구라면 내가 궁금한 것들에 대답해줄 수 있을 것 같았다. 만나기 전날, 미리 물어볼 것들을 정리해서 적어갔다. 완벽한 영어는 아니었지만 더듬더듬 하나씩 물어보자, 친구는 다행히 알아들었고 차근차근 답해줬다.

　대학교 때 1년간 유기합성 연구실에서 졸업논문을 쓴 적이 있었다. 그래서 친구가 설명해주는 과정을 어느 정도 이해할 수 있었다. 이야기를 마칠 때쯤에는 대학원에 진학하고 싶다는 생각이 더 강해졌다. 이후에 실제로 교수님도 만나보고 진지하게 준비를 해볼까 했는데, 아쉽게도 그때는 모집 기간이 아니었다. 그리고 합격한다고 해도 1년 후 9월에나 입학할 수 있었다. 내가 예상했던 것보다 시간이 더 걸려서 잠시 보류했지만, 그 자체로 나에게는 새로운 싹이 트고 있었다.

그즈음 교회에서 필리핀 출신의 간호사 한 분을 만나게 됐다. 그분은 노르웨이에서 일한 지 10년이 넘었는데, 여러모로 정말 만족스럽다며 나에게 간호대를 추천하셨다. 간호대는 총 3년 과정이고 노르웨이어만 어느 정도 구사할 줄 알면 학비도 거의 공짜였다. 무엇보다 간호사 월급이 꽤 높았다. 솔직히 솔깃했다. 1년간 노르웨이어 연수를 하고, 3년간 간호대 과정을 마친 후 펼쳐질 미래가 그리 나빠 보이지 않았다. 노르웨이는 한국과 달리 직원들의 복지가 매우 좋다. 간호사도 부족하여 취업도 거의 100%였다.

나는 그때 외국 생활을 하고 싶다는 생각이 강해서인지 간호사도 괜찮을 것 같았다. 그러나 이 또한 1년 반 정도 기다려야 입학을 할 수 있어서 지원은 하지 않았다.

나는 노르웨이에서 언어천재 다니엘을 통해 언어 습득의 비법뿐만 아니라 자신감을 배울 수 있었다. 언어를 어떻게 공부해야 할지 감이 왔다. 또한, 생각지도 못한 곳에서 새로운 꿈을 발견했다. 그동안 한국에서 우물 안 개구리처럼 살다가, 세계 각국에서 온 친구들이 어떻게 인생을 살아가고 있는지를 옆에서 직접 보면서 깨달은 것이 많다. 나 또한 새로운 환경에 나를 던져 넣었더니, 시야가 넓어져 진짜 하고 싶은 일이 생겼다. 2006년 미국 CBS 리얼리티 TV쇼 〈서바이벌〉의 우승자 권율 씨가 한 말이 떠오른다.

"자신을 새로운 환경에 끊임없이 내몰아야죠.
위험 속에서 겪는 자신의 한계를 있는 그대로 인정하고 변화의 기회로 삼으세요."

포기하려고 했을 때
기회의 문이 열리다

"언니, 곧 부활절 방학인데 어느 나라로 여행 가면 좋을까?"
"남들이 많이 가보지 않은 나라에 가보는 게 어때?"

2009년 4월의 어느 봄날, 나는 동생과 여행 계획을 세우고 있었다. 유럽 지도를 펼쳐놓고 어디가 좋을지 고민하다가 발칸 유럽이 눈에 띄었다. 스웨덴의 스톡홀름을 거쳐 에스토니아의 탈린, 라트비아의 리가를 여행하기로 정했다. 이때만 해도 나는 이 여행이 내 삶에 기회의 문을 열어주는 계기가 될지 몰랐다.

에스토니아의 탈린에서 라트비아의 리가로 국경을 넘어갈 때 우리는 버스로 이동하기로 했다. 소요시간은 4시간 정도였다. 여행은 재미있었지만, 낯선 나라에서 둘이 무거운 짐을 들고 다니느라 그런지 피곤해서 버스에 타면 잠부터 자기로 했다.

그러나 우리 옆자리에 앉은 낯선 중국인 아저씨가 나와 동생에게 계속 말을 걸었다. 우리가 적당히 대답만 하고 관심 없다는 듯 행동해도 아저씨는 아랑곳하지 않았다. 들어보니 그는 성형외과 의사로 핀란드에서 일하고 있었는데, 의사가 되기까지의 과정이 놀라웠다. 헝가리를 거쳐 폴란드에서 의대를 졸업했다고 했다는 것이다. 그 이야기를 들은 나와 동생은 눈이 동그래졌다.

"어? 동유럽에서 공부하고, 북유럽에서 일하고 있다고?"

우리는 그때부터 그에게 마음을 열고 대화에 집중하기 시작했다. 특히 유학을 고민 중이던 내게는 그가 해주는 말들이 더 와닿았다. 어느새 나는 그에게 진로상담을 하고 있었다. 노르웨이에서 대학원이나 간호대 진학을 고민 중이라는 내 말에 그는 의학 공부를 강력 추천했다. 앞으로 사람들의 평균 수명이 길어지면서 의학 기술에 대한 수요도 커질 거라는 견해였다. 그러면서 동유럽에서 영어로 진행되는 의약학 프로그램을 추천해줬다.

나는 의학을 공부하고 의사가 되는 건 시간도 오래 걸리고 부담스럽기도 했다. 그래서 한국에서 약대 편입을 준비했었던 것이었다. 한국은 입학부터 어려운데, 이곳에서는 그리 어렵지 않다고 하니 해볼 만하다는 생각이 들었다. 물론 외국은 졸업이 쉽지 않았다.

버스 안에서 중국인 아저씨와 많은 이야기를 나누다 보니 어느새 목적지에 도착했다. 우리는 서로의 이메일 주소를 교환하고 헤어졌다. 중국인 아저씨는 정보를 찾다가 궁금한 것이 생기면 언제든지 연락하라고 했다. 나는 그때부터 여행보다는 동유럽 약대에 대해 빨리 알아보고 싶어졌다. 여행을 끝내고 노르웨이에 도착하자마자 폭풍 검색에 들어갔다.

헝가리에는 약대가 4군데였고, 의·약대 입학을 도와주는 한국 유학원도 있었다. 나는 당장 그곳에 전화를 걸었다. 담당자는 내 이야기를 대략 듣더니 부다페스트에 있는 약대보다는 소도시에 있는 국립대학이 맞을 것 같다고 했다.

보통 입학을 위해서는 1년 정도 준비를 해야 하지만, 시간제약이 있는 나에게는 5월에 입학시험을 볼 수 있는 세게드(Szeged) 약학 대학교를 추천해줬다. 곧바로 자세한 일정 확인을 위해 나보다 영어가 유창한 동생이 직접 학교에 전화를 걸어 문의를 해줬다. 성심성의껏 나를 도와주는 동생이 고마웠다.

세게드 대학교 입학처에서는 2주 후에 시험이 있으니 시험을 쳐보는 것을 권유했다. 입학시험에 합격하면 9월에 입학하는 것도 가능하다고 했다. 그렇게만 된다면 내가 원하는 일정에 헝가리에서 공부를 시작할 수 있었다. 노르웨이에서 공부하는 것보다 시간을 버는 셈이었다. 무엇보다 약대라는 것도 마음에 들었다. 한국에서의 실패를 만회하고, 이번에는 성공하고 싶다는 마음이 들었다.

나와 동생은 마음이 급해졌다. 2주 후에 시험이 있기에 당장 비행기표와 숙소 예약부터 해야 했다. 다행히 동생이 동행하기로 해줘서 마음은 한시름 놓을 수 있었다. 시험공부도 해야 했다. 처음에는 막막했다. 하지만 나는 최선을 다해 시험을 보고 나의 책무를 다하기로 마음먹었다. 걱정은 접어두고 일단 앞으로 나아가기로 했다.

다행히 필요한 서류들은 합격 후에 제출해도 되었기에 준비에 대한 부담은 없었다. 이런저런 준비를 하는 동안 시험이 열흘 앞으로 다가왔다. 선택과 집중이 필요한 중요한 시기였다. 필기시험 과목은 영어, 화학, 생물이었다. 면접도 있었다. 우선 내가 잘할 수 있는 화학에 집중하고 면접을 준비했다. 화학은 도서관에서 일반화학 책을 빌려서 천천히 정독했다. 면접은 내가 약대에 가고 싶은 이유를 영어 문장으로 만들어 암기했다. 최대한 자연스럽게 이야기하려고 반복 연습했다.

드디어 입학시험 전날이 됐다. 나는 설레는 마음으로 부다페스트로 향했다. 세게드는 부다페스트에서 남쪽으로 약 170km 정도 떨어져 있다. 기차로는 2시간 반 정도가 걸렸다. 세게드에 도착하자마자 받은 인상은 매우 좋았다. 조용하고 따뜻함이 느껴지는 도시 같았다. 동생과 나는 미리 세게드 대학교를 둘러봤는데, 그때 나는 여기라면 내가 원하는 공부를 하며 잘 지낼 수 있을 것 같다는 느낌을 받았다.

필기시험은 생각보다는 어렵지 않았다. 영어는 토익 수준이었고, 화학과 생물도 평이했다. 나에게 어려웠던 것은 다름 아닌 면접이었다. 영어 인터뷰는 처음이었기 때문이다. 드디어 약대 학장님과의 영어 면접이 시작됐다.

영어 면접은 친구들과 심심풀이로 하는 수다하고는 달랐다. 너무 긴장돼서 말이나 제대로 할 수 있을까 싶었다. 나는 학장님께 약대에 정말 오고 싶다는 의지와 나의 성실함을 최대한 많이 어필했다. 또한, 지금은 영어실력도, 전공능력도 부족하지만 노력으로 극복하겠다고 말했다.

학장님의 표정은 밝았다. 나에게 굉장히 친절하게 대해주셨다. 왜 헝가리 약대에 오고 싶어 하는지 궁금해하셨다. 내가 세게드 약대에 온 첫 한국인 학생이었기 때문이다.

7살 때부터 품어온 약사의 꿈을 향해
드디어 한 걸음 다가선 것이다.

면접이 끝나고 나와 동생은 부다페스트를 여행했다. 여행하는 내내 마음이 무척 홀가분하고 편안했다. 왜 그랬을까? 아마도 내가 할 수 있는 한 최선을 다해서였을 것이다.

UCLA 농구팀을 12년 동안 이끌면서, 무려 88연승이라는 대기록을 남긴 존 우든 감독은 "성공은 마음의 평화이며, 마음의 평화란 도달할 수 있는 최상이 되기 위해, 최선을 다했음을 아는 데서 오는 자기만족의 직접적인 결과"라고 말했다. 나는 준비할 수 있는 시간이 충분하지 않았지만 최대한 노력했다. 나 자신에게 만족감도 느꼈다. 존 우든의 말처럼 마음의 평화를 경험한 것이었다.

헝가리에서 노르웨이로 돌아오는 비행기 안에서 나는 합격을 예감했다. 동생은 피곤했는지 금방 잠에 곯아떨어졌다. 하지만 나는 설레는 마음 때문에 잠을 이룰 수 없었다.

몇 주 후 세게드 약대에 합격했다는 소식이 날아왔다. 그동안 약대 편입을 준비하면서 고생했던 순간들이 파노라마처럼 지나갔다. 그때 했던 공부가 헛되지 않았던 것이다. 간절히 원하면 온 우주가 나를 도와준다는 말을 실감하고 믿게 되었다. 내가 가장 좋아하는 책『연금술사』에서 나오는 말이기도 하다. 내가 정말 가고 싶은 약대를 온 마음을 다해 원했더니 기회의 문이 열렸다.

"이 세상에 위대한 진실은 하나 있어.

무언가를 온 마음을 다해 원한다면 그렇게 된다는 거야.

무언가를 바라는 마음은

온 우주의 마음으로부터 비롯되기 때문이지.

그리고 그것을 실현하는 게 이 땅에서 자네가 맡은 임무라네."

Chapter 2

겁 없이 떠난
헝가리에서의
5년

밑도 끝도 없이
세게드에 도착하다

　세게드 약대 합격 소식을 들은 뒤, 나는 한국에 돌아왔다. 헝가리 유학을 위한 준비로 바쁜 나날이 시작됐다. 어느덧 나는 약대 편입에 실패한 사람에서 유학생으로 소속이 바뀌어 있었다. 이제 하나의 산을 넘었고, 또 다른 산을 넘기 위한 도전을 앞두고 있었다. 그때 처음으로 행복감을 느꼈다. 하나의 단계를 마무리하자 새로운 단계가 눈앞에 있다. 이렇게 한계를 극복해 나가는 것이 인생의 묘미라는 생각이 들었다. 한계를 뛰어넘으려는 노력을 하다 보면 신기하게도 언젠가는 도약을 하게 되는 것이다. 그러나 약대 합격의 행복감은 잠깐이었다. 헝가리에서 펼쳐질 제2의 인생을 위해 새로운 도전을 해야 했다.

2009년 8월 25일, 나는 인천공항에 도착했다. 헝가리로 떠나는 날이었다. 비록 한국이 아닌 헝가리에 있는 약대지만, 약대라는 사실이 그저 좋았다. 떠나는 발걸음이 가벼웠다. 하지만 한편으로는 '과연 내가 잘할 수 있을까?' 하는 걱정이 되기도 했다. 그래도 부모님이 걱정하실까봐 겉으로는 자신 있는 척 웃어 보였다.

"헝가리도 다 사람 사는 곳이잖아. 한국과 똑같을 거야. 집도 잘 구할 테니 너무 걱정하지마. 세게드에 도착하자마자 연락할게."

떠나기 전 그렇게 부모님을 안심시켰다. 그렇게 나의 여정이 시작됐다. 헝가리도 노르웨이와 마찬가지로 직항편은 없어서 프랑스 파리를 거쳐 수도인 부다페스트에 도착했다. 거기서 나의 최종 목적지인 세게드로 가기 위해 기차를 탔다.

입학시험 때 한 번 와봐서 그런지 가는 과정은 어렵지 않았다. 그러나 지난번에는 동생과 함께였고 이번에는 혼자였다. 나는 커다란 캐리어 2개를 끌고 비행기에서 기차역까지 혼자서 이동해야 했다. 한여름이라 이동 중에 계속 땀을 뻘뻘 흘렸다. 그래도 새로운 인생을 시작한다는 기대로 전혀 피곤하지는 않았다.

저녁 9시 무렵, 세게드의 기차역에 도착했다. 깜깜한 밤에 혼자 숙소를 찾아갈 생각을 하니 막막함이 찾아왔다. 다행히 역 주변은 노란 불빛의 가로등이 켜져 있어 꽤 밝았다. 당시에는 대학교 여름방학 기간이라 학생들이 학기 중에 머무는 기숙사가 비어 있었고 호스텔처럼 개방해줬다. 나는 한국에서 미리 이 기숙사 호스텔을 예약해뒀다. 집을 구할 때까지 임시로 거기서 지내기로 했다.

기차역에서 빠져나오자마자 나는 대학생쯤으로 보이는 여자에게 다가가서, 호스텔 주소로 가려면 몇 번 버스를 타야 하는지 물었다. 그녀는 주소를 보더니 나에게 잠깐만 기다리라며 뒤에 서 있는 차로 향했다. 차 안에는 그녀의 부모님이 있었는데, 몇 마디를 나누는 것 같더니 내게 숙소까지 태워다 주겠다고 했다.

나는 너무나 고마웠다. 긴 비행과 이동으로 지쳐 있었기 때문에 '낯선 사람인데 괜찮을까?' 이런 생각을 할 여유도 없었다. 단숨에 그러겠다고 했다. 그렇게 무사히 세게드의 숙소에 도착한 것이 아직도 고맙고 기억에 남는다. 말하자면 세게드에서의 첫 미션이었는데, 친절한 이들의 도움을 받아 잘 해낸 것이다. 이 경험으로 새로운 곳에서 삶을 살아가는 것에 대해 두려워하지 않게 되었다. '무작정 하다 보면 된다'라는 삶의 진리를 배운 셈이다.

드디어 숙소에 도착해 카운터에서 입실에 관련된 설명을 듣고 열쇠를 받았다. 무거운 짐 가방을 들고 낑낑대며 방으로 가는데, 한 여학생이 활짝 웃으며 다가와 가방 드는 것을 도와주겠다고 했다. 그 친절한 여학생의 이름은 알렉산드라였다. 나는 방 앞까지 짐을 들어다 준 그녀에게 너무 고마웠다. 그래서 용기를 내어 이렇게 말했다.

"알렉산드라, 지금 많이 바쁘니? 내가 너무 고마워서 커피나 음료수를 대접하고 싶은데, 같이 숙소 주변에 카페에 가는 게 어때?"

알렉산드라는 마침 숙소 근처를 산책할 예정이라 했다. 우리는 카페에 가서 음료수를 마시면서 대화를 했다. 대화의 화제는 '우리가 왜 세게드에 왔는지'였다. 알렉산드라는 교환학생으로 한 학기 정도 머물 예정이라고 했다. 그녀는 루마니아 사람이었는데, 대부분의 유럽 학생들은 대학교 재학 동안 최소 한 학기 정도는 다른 유럽에 가서 공부한다고 했다. 그 말을 듣자 다시 한 번 내가 우물 안 개구리였다는 생각이 들었다. 이렇게 지금이라도 다른 나라에서 공부할 수 있게 된 것에 감사했다. 이제 내 차례였다. 내가 세게드로 오게 된 과정에 관해 이야기하자 알렉산드라는 굉장히 신기해했다.

1시간쯤 흘렀을 때 우리는 카페에서 나와 숙소로 걸어갔다. 알렉산드라가 세게드에 머물면서 어려운 일이 있으면 언제든 도와주겠다고 자신의 이메일주소를 알려줬다. 알렉산드라는 내가 세게드에서 처음 만난 친구 1호였다. 나도 외국인 친구가 생긴 것이다.

숙소로 돌아와 침대에 누웠는데 잠이 잘 오지 않았다. 영알못이었던 내가 이렇게 세게드에서 새로운 삶을 시작하려 한다는 게 믿기지 않았기 때문이다. 뭔지 모를 뭉클함이 밀려옴과 동시에 가슴이 뿌듯했던 헝가리에서 첫날 밤이었다.

26년 만에
첫 독립

　다음 날 아침, 나는 서둘러 세게드의 학생센터로 갔다. 세게드 대학교에는 유학생을 위해 집을 구하는 것을 도와주는 제도가 있었다. 내가 한국에 있을 때 미리 이메일로 약속을 잡아놓기도 했는데, 막상 가보니 입학 시즌이라 그런지 학생센터는 엄청나게 바빴다. 이미 나와 같은 수많은 신입생이 집을 구하기 위해 사무실 문전에 줄을 서며 기다리고 있었다.

　담당자는 나에게 미안하지만 1시간 정도는 기다려야 한다고 했다. 집을 같이 구하러 다녀줄 직원이 너무 바빠서 당장은 도와줄 수 없다는 것이었다. 집을 구하려면 학교 측의 도움을 받아야 했기에 나는 어쩔 수 없이 기다리기로 했다. 그렇게 나 또한 그 기나긴 기다림의 줄에 들어섰는데, 거기서 다양한 외국인 학생들을 볼 수 있었다. 대부분 유럽인이었지만 아랍계 학생들도 꽤 많아서 놀라웠다. 간혹 아시아인도 있었는데, 대부분 일본인이었다.

그러다 한 여학생이 눈에 띄었다. 부모님과 같이 있는 그 여학생도 나처럼 집을 구하는 것 같았다. 나는 다가가서 친절하게 말을 걸었다. 친구의 이름은 안나였다. 독일에서 왔으며 곧 의대에 입학할 예정이었다. 안나 역시 나처럼 집을 구해주는 사람을 기다리고 있었다.

그렇게 안나와 이런저런 얘기를 하다가 문득 내게 좋은 생각이 떠올랐다. 방 2개짜리 아파트를 구해서 안나와 함께 살면 괜찮을 것 같았다. 안나는 나보다 영어를 잘했고, 부모님과 같이 있으니 집을 구할 때 부모님의 의견을 참고하는 것도 좋겠다 싶었다.

나의 제안에 안나는 처음에는 당황스러워하다가 부모님께 여쭤보고 알려준다고 했다. 안나의 부모님은 오히려 좋아하셨다. 혼자 사는 것보다 친구랑 같이 살면 좋을 것 같다며 흔쾌히 허락하셨다. 갑자기 하우스 메이트도 구하게 되자 나는 무언가 일일 술술 풀리는 것 같은 느낌에 기뻤다.

경영 컨설턴트이자 성공 강연가로 유명한 브라이언 트레이시는 이렇게 말했다.

"어떤 일을 함에 있어 자신이 현재 추구하는 방법보다 더 좋은 방법이 항상 있을 수 있다는 열린 마음을 가져라. 그리고 더 좋은 방법을 끊임없이 찾도록 하라."

일찍이 나는 혼자서 집을 구하는 데 분명 어려움이 있을 거라는 판단을 했다. 그래서 독일인 학생에게 열린 마음으로 다가갔다. 내게는 정말 큰 도전이었다. 좋은 방법이 없을까, 하고 생각했더니 정말로 더 좋은 방법이 내게 찾아왔다.

그렇게 태어나서 처음으로 집을 구하러 다녀보는데, 금방 쉽게 구해지지는 않았다. 세게드에 도착한 후 사흘 동안, 오전부터 오후까지 여기저기 집을 보러 다녔다. 밥도 잘 챙겨 먹지 못하고 바쁘게 다니다 보니 살이 쑥쑥 빠졌다. 집에서 가져온 옷들이 헐렁해질 정도였다.

우리가 찾는 투베드룸에 거실이 있는 아파트는, 원베드룸보다는 비교적 많은 편이었지만 마음에 쏙 드는 집을 찾기 위해 봐야 할 것이 많았다. 하지만 나는 점점 체력적으로 너무 지쳐갔다. 이제는 결단을 내려야 했다.

10채 정도 집 중에서 예산도, 크기도 적당한 집이 있었는데 투베드룸 중에 한 베드룸이 많이 작았다. 안나는 독일에서 부모님이 가끔 방문하실 예정이라 작은 방을 쓰기는 힘들 것 같다고 했다. 그래서 내가 선뜻 작은 방을 쓰겠다고 했다.

나의 경우, 당분간은 한국에서 부모님이 오실 계획이 없었기 때문에 큰 방이 필요 없었다. 내가 잠자고 공부하기에 적합하기만 하면 됐다. 이렇게 내가 배려를 하자 집은 순식간에 구해졌다. 안나의 부모님도 괜찮은 집인 것 같다고 하셨다. 학교 직원이 동행하여 함께 계약서를 작성한 후 마침내 나는 26년 만에 첫 독립을 헝가리 세게드에서 하게 됐다. 지금도 가끔 세게드에서 첫 집을 구할 때를 떠올려본다. 무모한 도전이었다.

영화 〈비긴 어게인〉에서 두 주인공이 아무것도 없는 상태에서 음반녹음을 해보자며, 이런 대화를 나눈다.

"이거 진짜 모험 아니에요?"
"뭐든 저질러야 마법이 일어나거든."

그들은 남들이 보기에 무모해 보이는 모험을 시도했다. 나도 약학을 공부하러 헝가리에 갔다는 것만으로도 내 인생에서 큰 도전이었다. 스물여섯에 유학은 너무 늦은 거 아니냐며 주변에서 만류하기도 했다.

그러나 나는 머무르기보다
저지르는 마법을 선택했다.

헝가리 유학생?
헝그리 유학생!

아침 7시. 학교에 가기 위한 준비가 시작된다. 커피를 보온병에 담고 간단한 도시락도 챙긴다. 도시락은 거의 샌드위치인데 양상추, 토마토, 햄이 주재료이다. 도시락과 커피를 가방에 넣으면 준비 끝이다. 오전 수업은 8시부터 시작이니 7시 35분쯤 집에서 나오면 시간이 맞았다.

나는 학교에 갈 때 걸어다니는 걸 선호했다. 학교까지는 여유 있게 걸어가면 20분 정도 걸렸다. 운동도 되고, 교통비도 아낄 수 있어서 일석이조였다. 한국에서 대학교를 다닐 때와는 확연히 다른 모습이었다.

사실 유학 전에는 우아하고 고급진 생활을 꿈꾸기도 했다.

하지만 동유럽의 헝가리는 소박했다. 내가 한국에서 대학을 다녔을 때는 좋은 옷, 좋은 가방, 좋은 구두를 동경했다. 최대한 예쁘게 꾸미고 여대생이라는 걸 티내고 다녔다. 그러나 세게드 대학교의 학생들을 보는 순간, 과거의 내가 부끄러워졌다. 모두 아주 검소했기 때문이다.

이 학교의 학생들뿐만 아니라 다른 유럽의 학생들 대부분이 그랬다. 편한 옷차림에 운동화를 신고 백팩을 멨다. 그 속에는 단출하게 책과 도시락, 간식, 1L 생수병을 넣어 다녔다. 내가 예전에 한국에서 조그마한 미니 백에 치마를 입고, 구두를 또각거리며 다녔던 것과 비교했을 때 극과 극이었다.

어느새 나도 이들과 같이 편안함을 추구하게 됐다. 활동하기 좋은 차림에 백팩을 멘 채 학교에 갔다. 해보니 너무 좋았다. 다른 것들은 신경 쓰지 않고 오로지 공부에만 집중할 수 있었다. 교수님들도 마찬가지였다. 꾸미고 다니는 분들보다 실리를 추구하는 분들이 다수였다.

내가 헝가리 유학에 결심이 서고, 부모님께 학비와 생활비 이야기를 했을 때, 부모님께서 흔쾌히 지원해주시겠다 하여 정말 감사했다. 그래서 생활비는 어떻게든 아껴 쓰겠다는 다짐을 했다. 유학 생활 중에 아르바이트를 해서 학비나 생활비

를 버는 학생도 있다. 하지만 나는 부모님의 도움으로 공부에
만 집중할 수 있었다.

항상 감사하며 최소한만 쓰고, 최대한 절약하며 지내려고
노력했는데, 사실 아낄 수 있는 부분이 그리 많지는 않았다. 매
달 집세와 관리비가 고정비용으로 나갔으니 내가 줄일 수 있
는 건 식비였다. 쓸데없는 외식을 줄이고, 될 수 있으면 집에서
만들어 먹기로 했다. 학교에는 도시락을 싸서 다녔다.

식비를 줄이기로 마음먹은 이상, 물가가 비싼 마트에는 발
길을 끊었다. 마트는 대량으로 사야 했지만, 시장은 소량으로
도 구매할 수 있고 가격도 마트보다 저렴했다. 마침 아파트에
서 그리 멀지 않은 곳에 시장이 있었다. 버스터미널 바로 옆 재
래시장이었다. 나는 주말마다 이곳에 들러 장을 봤다. 파머스
마켓처럼 농부들이 직접 수확한 채소, 과일 등 신선한 유기농
농산물을 직접 구매하는 형태였다.

나는 주로 토요일 아침 새벽에 시장에 가서 싸고 품질 좋은
식재료를 구했다. 평일에는 학교 수업 때문에 일찍 열고, 일찍
닫는 시장에 가기 힘들었다. 재래시장을 이용하면서부터 생활
비가 많이 절약됐다. 건강에도 도움이 됐다.

또 주말 아침에 늦잠을 자지 않고 헝가리 사람들의 삶을 체

험해볼 수 있었다. 시장에 가면 또 한 번, '내가 정말 헝가리에 와서 공부하고 있구나' 하는 것을 실감했다. 활기찬 재래시장에 가서 사람들을 구경하고 신선한 과일과 채소의 향기를 느꼈다. 나는 더듬거리는 헝가리어로 할머니에게 농산물을 사면서 값을 흥정하기도 했다.

내가 구매한 것은 주로 빵, 고기류, 과일류, 채소류, 꿀, 유제품이었다. 신선한 과일에다 요거트를 얹어 먹으면 제법 든든한 한 끼의 아침 식사가 된다. 헝가리에는 요거트 종류가 정말 다양하다. 유난히 시큼한 요구르트와 달콤한 과일이 어우러진 그 맛을 아직도 잊을 수 없다. 이 달콤 시큼함은 빡빡한 학교생활을 견디게 하는 작은 힐링이었다.

세게드에서 지내면서 공부 말고 가장 크게 배운 것이 있다면 경제관념이다. 나와 친밀하게 지낸 친구들이 다른 이들에 비해 경제적 가치관이 뚜렷한 편이었다. 룸메이트 안나도 그랬고, 약대 절친 이란인 페리아도 돈을 굉장히 아껴 썼다.

안나는 폴란드계 독일인이었다. 부모님은 폴란드인인데 결혼 후 독일로 이주했고, 안나는 독일에서 태어났기 때문에 독일인이었다. 안나는, 아빠가 의사고 엄마는 교사인, 서유럽 중산층의 가정에서 자랐다. 독일과 비교하면 헝가리는 물가가 저렴한 편이라, 나는 안나가 경제적으로 여유가 있을 것으로 생각을 했다. 그러나 안나는 나이에 비해 굉장히 알뜰살뜰했고 돈을 낭비하는 일이 없었다.

12월의 어느 날, 집에 있다가 추워서 내부 온도를 확인해보니 20℃였다. 나는 한국에서 살 때 실내온도를 항상 24~25℃로 유지했다. 한국의 집은 온돌 난방이라 따뜻하지만, 헝가리는 라디에이터를 이용한 난방이라 20℃라도 매우 추웠다. 내 마음대로 온도를 올릴 수 없어서 안나에게 춥지 않은지 물어봤다. 안나는 독일에서는 실내온도를 18℃로 해놓고 지낸다며 지금 온도는 따뜻한 거라고 했다.

나는 놀라워하며 그럼 한겨울에는 어떻게 지내냐고 물어봤다. 안나는 두꺼운 실내복을 보여주면서, 추우면 옷을 더 입고 있으면 된다고 했다. 독일인의 생활 방식이었다. 안나는 현재 독일에서 의사로서의 꿈을 이루고 결혼도 해서 경제적으로 안정된 삶을 살고 있다. 거기에는 안나의 경제적 가치관이 큰 몫을 했을 거라고 생각한다.

약대 단짝이었던 이란인 페리아는 나보다 2살이 많은 언니였다. 외국에서는 언니라는 호칭이 없고 이름으로 부르기 때문에 편하게 친구처럼 지냈다. 페리아와 친해지고 나서 그녀의 가족관계와 자라온 환경에 대한 이야기를 들을 기회가 있었다. 그런데 내가 예상과는 많이 달랐다. 나는 페리아가 나와 비슷한, 중산층 집에서 자라왔을 거라고 생각했는데 페리아의 아버지는 큰 회사의 CEO이고 페리아는 이란에서 굉장한 부유층이었다.

페리아는 나처럼 학교에 도시락을 싸서 다녔고, 도시락을 준비 못 한 날에는 둘이서 학교 앞에서 파는 저렴이 빵과 커피를 자주 사 먹곤 했다. 우리 둘 다 그걸 참 좋아했다. 아무튼 그녀에게서 사치스러움은 전혀 찾아볼 수 없었기 때문에 엄청나게 부유한 환경에서 살았으리라고는 상상도 못 했다.

이란인들은 외국에서 공부할 정도면 굉장히 부자라고 한다. 실제로 그들의 부모님이 종사하는 직종도 전문직이 대다수다. 또한, 집도 학교 근처 중심가에 크고 좋은 아파트를 렌트하여 산다. 하지만 페리아는 그런 집을 구하기보다는, 나처럼 학교에서 조금 떨어진 곳에, 가성비 좋은 집에 거주했다. 겉모습도 다른 이란인 학생과는 달랐다. 편안한 차림으로 항상 자전거를 타고 다녔다. 솔직히 처음에 나는 도시락 싸는 것을 창피하게 여겼는데, 페리아와 함께 한 덕분에 계속할 수 있기도 했다. 어느새 나도 페리아의 생활 습관을 보고 배운 것이다.

유학 생활을 하면서 돈을 항상 아끼는 습관을 들이려 노력했다. 이때의 생활 습관으로, 학교를 졸업하고 한국에 돌아왔을 때도 돈을 함부로 쓰지 않았다. 쓸데없는 낭비를 막기 위해 가급적 적금을 들고 소비를 줄였다. 세게드에서의 5년 동안 돈의 가치를 새롭게 깨달았다. 헝가리에 가서 헝그리 정신을 배운 것이다.

피할 길은 없다!
직접 영어와 부딪치다

"나는 크로아티아계 미국인이야."
"나는 이집트계 캐나다인이야."

    유학 전에 세게드 대학교에서 공부하는 유학생은 주로 유럽인, 터키인, 이란인 학생들이 많다고 들었다. 그래서 영어에 대해 조금은 안심할 수 있었다. 다들 나처럼 영어가 모국어가 아니니까, 완벽하지는 않아도 될 것 같았다. 그러나 학교에 입학한 첫날, 자기소개를 하면서 놀라움을 감출 수 없었다. 영어를 이렇게 완벽하게 구사하다니! 헝가리에는 이민계 가정 출신이지만 엄연한 미국인, 캐나다인인 영어권 국가의 학생들이 있었다. 나는 순간 영어로 의사소통하는 것에 겁을 먹었다. 그러

나 이들과 5년을 함께 공부해야 하는데 입을 꾹 다물고 있을
수만은 없었다.

> *"세상 모든 일은*
> *당신이 무엇을 생각하느냐에 따라 달라진다."*

오프라 윈프리의 말처럼 나는 생각을 바꿔보기로 했다. 헝
가리에서까지 영어 때문에 주눅 들 순 없었다. 오히려 영어권
친구들과 대화를 하고 친해지면, 보다 빨리 정확한 영어를 배
울 수 있을 것 같았다. 학과 공부와 영어 공부라는 두 마리의
토끼를 잡을 수 있는 기회였다.

영어로 진행되는 약대 프로그램 정원은 20명이다. 교과 과
목에 실험과 실습이 많아서 20명을 다시 두 그룹으로 나누어
수업을 진행한다. 나는 1그룹에 속했다. 나와 미국인 친구를
제외한 나머지 8명의 국적은 아랍계였다. 사실 의대나 치대는
유럽인 학생도 많았는데 약대는 좀 특이한 경우였다. 막상 내
가 속한 그룹에 아랍계 학생들이 주를 이루자 나는 당황스러
웠다.
터키나 이란 학생들의 대다수는 영어로 말하는 것에 거침이

없었다. 분명 문법도 틀리고, 발음과 악센트도 잘 안 맞았다. 그러나 그들은 어떨 때는 뻔뻔할 정도로 자신 있게 말했다.

1학년 1학기 기초통계 수업 때였다. 엑셀 프로그램으로 진행하는 강의였는데, 나는 한국에서 기본적인 툴은 다뤄봤기 때문에, 컴알못이었는데도 불구하고 수업은 따라갈 수 있었다.

교수님은 우리가 외국인에다, 1학년이니 굉장히 천천히 알려주셨다. 그러나 대다수 학생은 잘 따라가지 못하고, 계속 여기저기 질문을 해대는 시끌벅적한 수업이었다. 나라면 일단 수업을 듣다가 질문 시간에 물어볼 텐데 학생들은 막무가내였다. 교수님이 설명하는 도중에 말을 자르기도 했다. 이미 다른 사람이 질문한 내용도 다시 반복해서 질문했는데, 보니까 이해가 안 돼서 질문한 것이 아니었다. 아까 그 설명에 집중하지 않은 것이었다.

정말 너무나 사소한 것까지 질문을 해대는 바람에 나까지 정신이 없었다. 한동안은 두통에 시달렸을 정도였다.

처음에는 이런 행동을 하는 학생들이 이해가 안 됐다. 기본적인 예의가 없다는 생각도 했었다. 그러나 점점 생각이 바뀌었다. 새로운 것을 배울 때는 이렇게 적극적인 태도로 임하는 것이 무척이나 도움된다는 걸 깨달았다. 나도 그들을 보면서 영어로 말하고, 질문하는 것을 두려워하지 않게 됐다. 틀리든지 말든지 일단 영어로 말하기 시작했다. 그러면서 자신감이 붙었다.

헝가리어 첫 수업이 끝난 후 어안이 벙벙했다. 영어로 헝가리어를 배우다니. 영어도 아직 힘든 처지에, 영어로 진행하는 헝가리어 수업을 따라가려니, 머리가 다 아팠다. 그러나 헝가리어 과목은 졸업하기 위한 필수과목이었다. 총 5년 과정에서 4년은 헝가리어 관련 과목을 이수하고 모든 시험에 통과해야 했다. 그러니까 내가 세게드 약대를 졸업하기 위해서는 어떻게든 헝가리어를 공부해야만 하는 것이었다.

절망감도 잠시, 나는 우직함으로 성실하게 버텼다. 꼬박꼬박 출석하고 무조건 암기했다. 시험은 필기(Written exam)와 말하기(Oral exam)로 이루어진다. 필기시험은 그럭저럭 해냈지만, 항상 구술시험이 고민이었다.

그래서 평상시에도 헝가리어를 연습하기로 했다. 장을 보거나 헝가리 사람을 만날 일이 있으면 단어 하나라도 입 밖으로 뱉어내려고 노력했다. 그리고 헝가리인들에게 영어로 말해달라고 부탁하지 않았다. 발음이 잘 안 들려도 귀를 기울여 이해하도록 노력했다. 말하는 사람의 분위기나 감정을 읽는 연습을 하는 것이었다. 그러면 신기하게도 대충 서로 알아들을 때가 있었다.

> *"대화의 첫 규칙은 듣는 것이다.*
> *말하고 있을 때는 아무것도 배울 수 없다.*
> *많은 것을 배우기 위해서는*
> *그저 상대의 말을 경청해야 한다."*

남아프리카의 최초의 흑인 대통령이자 평화운동가인 넬슨 만델라의 말이다. 나는 내가 먼저 말하기보다 상대의 말에 귀를 기울였다. 그랬더니 어느새 들리기 시작했다.

내가 헝가리어를 극복하는 데 가장 도움이 되었던 것은 언어교환(Language exchange)이었다. 2학년을 마치고 나서 헝가리어 종합시험이 있었다. 시험에 통과하기 위해 2년 동안 배운 모든 것을 복습해야 하는 상황이었다. 그러던 중 우연히 한국어에 관심이 많은 헝가리인 대학생을 소개받았다. 이름은 벤쩨였다. 그는 아시아 언어에 관심이 많아 일본어와 중국어는 어느 정도 할 줄 아는 상태였고, 한국어 공부는 이제 시작한다고 했다. 우리는 서로의 목적을 달성하기 위해 언어교환을 하기로 했다. 나는 벤쩨에게 한국어를 가르쳐주고, 벤쩨는 나에게 헝가리어를 가르쳐줬다.

우리는 일주일에 한 번씩 카페에서 만나 서로의 언어를 공부했다. 시간을 그리 많이 할애할 수는 없었다. 한 언어당 30분에서 1시간 정도만 가능했다. 나는 한국어를 한 번도 가르쳐본 적이 없어서 처음에는 고민이 많았다. 인터넷으로 찾아보기도 하고 어떻게 영어로 설명해야 하는지 공부도 했다.

나는 간단한 한국어 회화를 하며, 발음을 교정하는 식으로 수업을 진행했다. 헝가리어 수업은 주로 시험에 나올 주제에 대해서 말하기 연습을 했다. 카페에서 커피를 마시면서 해서 그런지, 지루하지 않고 재미있었다. 벤쩨는 내가 헝가리어로 이야기할 때 잘하지 못해도 한 번도 불평하지 않고 잘 들어줬다.

그리고 드디어 헝가리어 종합시험의 날. 물론 내가 연습했던 것이 똑같이 나오지는 않았다. 하지만 연습했던 것을 활용하여 편안하게 말하니, 시험 점수를 잘 받을 수 있었다. 벤쩨도 원하던 한국어과 편입에 성공했다.

나에게 헝가리어는 처음에는 수업조차 따라가기 힘들 정도로 어려웠다. 하지만 노력을 통해서 완벽하지는 않아도 의사소통에 무리가 없을 정도는 됐다. 공부하면서 깨달은 것도 있다. 완벽한 언어라는 건 존재하지 않는다는 것이다. 나는 한국인이고, 한국어로 의사소통을 하지만, 완벽하다고 말할 순 없다. 때로는 문법과 어법에 맞지 않는 말을 쓰니까 말이다.

영어도 마찬가지다. 어느 정도 회화가 가능하다면, 직접 쓰면서 배우는 것도 하나의 방법이다. 영알못이라도 유학을 꿈꿀 수 있는 것이다. 직접 가서 부딪치면 누구든지 할 수 있다. 실제로 한국에서 영어 공부를 했을 때보다, 헝가리에서 매일 영어를 쓰고 대화하면서 더 실력이 좋아졌다.

유학 생활을
계속해? 말어?

어느덧 헝가리에 온 지 100일이 넘어가고 있었다. 처음 한 달은 아침에 눈뜰 때마다 '내가 지금 한국이 아니고 헝가리에 있는 게 맞는 거지?' 하고 수없이 되물었다. 꿈인지 현실인지 헷갈렸다. 매일 헝가리에서 눈을 뜨는 것이 더 이상 꿈이 아니라고 인지하게 되었을 때쯤, 동생에게 한 통의 전화가 걸려 왔다. 동생은 아직 교환학생 기간이 끝나지 않아서 노르웨이에 있었다.

"언니, 헝가리 유학 생활은 어때? 별일 없지?"

"응. 학교 다니느라 계속 정신없었네. 이제 좀 적응하고 있어. 너는 어때?"

"나도 잘 지내. 언니, 근데 엄마 아빠 말이야. 좀 이상하지 않아? 최근에 전화해도 안 받으실 때도 많고, 뭔가가 좀 이상해. 무슨 일 있냐고 여쭤봐도 별일 없다고만 하시고. 언니는 뭐 느낀 거 없어?"

갑자기 나는 멍해졌다. 최근에 부모님과 언제 통화를 했는지 기억이 잘 나지 않았다. 그동안 나 혼자 살기 바쁘다고, 학교에 적응하느라 정신없다는 핑계로 부모님에겐 전혀 신경 쓰지 못했다. 가장 최근에 연락했을 때는 영상통화는 아니고 엄마와 간단한 안부 통화만 하고 끊었더랬다. 기억을 더듬어보니 동생 말대로 조금 이상한 것도 같았다. 빨리 전화해봐야겠다는 생각이 들었다.

한국과 헝가리는 8시간의 시차가 있어서 조금 기다렸다가 시간에 맞춰 한국에 전화를 걸었다. 아빠는 외출하셨고 엄마가 전화를 받으셨는데, 역시나 별일 없으시다고 했다. 하지만 엄마의 목소리 톤이 평소보다 미묘하게 낮은 것 같았다. 언제 시험이 끝나는지, 언제 한국에 들어올 수 있는지만 물으셨다. 나는 처음 치러보는 1학기 파이널 시험이라 정확히 언제 끝날지는 모르겠다, 하지만 최대한 빨리 끝내고 한국에 들어가겠다고 대답했다. 전화를 끊고 나서 생각해보니 무언가 이상하긴 했다. 그로부터 일주일 뒤, 다시 한국에 전화를 걸었다. 엄마와는 통화를 했지만, 아빠와는 통화할 수 없었다.

이제는 감이 왔다. 부모님에게 무슨 일이 생긴 게 분명했다. 빨리 한국에 가고 싶다는 생각만 들었다. 직접 부모님을 뵈어야 안심이 될 것 같았다. 그러나 나에게는 1학기를 마무리할 시험들이 있었다. 만일 이 시험들을 제쳐두고 한국에 간다면 2학기를 등록할 수 없는 상황이었다. 나는 마음을 가다듬고 어떻게 하는 것이 최선인지를 고민했다. 그렇다. 최대한 빨리 시험을 끝내고 한국에 가는 것이 가장 좋은 방법이었다.

이번 시험에서는 높은 학점을 받는 것보다 일단 통과하는 것이 목표였다. 그래서 기본을 충실히 공부하고 시험을 치렀다. 시험에는 간신히 통과했다. 몇 과목은 한 번 더 도전해서 높은 점수를 받고 싶은 욕심도 들었지만, 나는 얼른 미련을 버리고 한국행을 택했다.

한국으로 가는 길이 이리도 멀게 느껴지다니! 비행기에서의 1시간이 정말 하루 같았다. 부다페스트에서 인천까지 대략 8000km가 넘는다. 비행시간은 환승까지 포함하여 16시간 정도 걸린다. 처음 헝가리에 갈 때는 이 정도로 멀게 느껴지지 않앉는데 그 거리를 제대로 실감했다. 나는 한국에 가는 내내 마음을 졸이며, 잠 한숨 자지 못했다. 영화나 드라마도 재미가 없었다. 밥도 먹는 둥 마는 둥 거의 먹지를 못했다. 그리고 드디어, 길고 긴 여정 끝에 인천공항에 도착했다. 공항에는 엄마가 미리 나와 계셨다.

"엄마, 나 왔어. 근데 아빠는?"

엄마는 아무 대답이 없었다. 뭔가 이상했다. 그리고 우리 집은 분당인데 일산 방면 버스 티켓을 샀다.

"엄마, 왜 일산을 가? 무슨 일 있어?"

2장의 티켓을 구매하고 나서야 엄마는 결심한 듯 말씀하셨다.

"주연아, 사실 아빠가 폐암 1기여서 수술하셨어. 다행히 경과가 좋아서 오늘 퇴원하셔. 그래서 지금 아빠가 입원하신 병원에 가려고 해. 그동안 너랑 지은이가 타지에서 많이 걱정할까봐 얘기 못 했어."

그 말을 듣자마자 나는 그 자리에 주저앉아 정말 펑펑 울었다. 사실을 미리 얘기하지 않으신 부모님께 매우 서운했다. 하지만 자식이 걱정할까봐 그러셨다는 것에 죄송스럽기도 했다. 내가 조금 더 부모님께 자주 연락드리고, 안부를 여쭤봤으면 눈치챌 수 있지 않았을까. 이런저런 생각과 함께 눈물이 쏟아졌다. 부모님에 대한 미안함과 후회가 물밀듯 밀려왔다.

아빠는 두 달 전쯤 폐암 진단을 받으셨다고 했다. 워낙 담배를 오랫동안 피우셨기 때문에 평소에도 기관지가 약하셨다. 우연히 병원에 갔다가 폐 엑스레이를 찍어보고는, 그때만 해도 기관지염이겠거니 생각했는데, 결과가 심상치 않았던 것이다. 아빠의 폐에서 콩알 같은 형태의 무언가가 보인다며 병원에서 정밀검사를 권유했고, 그렇게 폐암 진단을 받은 후 국립 암센터에서 수술하게 된 것이었다. 다행히 진행이 얼마 되지 않은 1기라서 항암치료는 필요 없었다.

그날, 인천공항에서 버스를 타고 일산으로 갈 때 무슨 정신으로, 어떻게 간 건지 잘 모르겠다. 버스에서 엄마에게 그동안의 사정을 전해 듣는데 정신이 혼미했다. 아빠를 수술실에 보내고 혼자서 걱정하셨을 엄마에게도 너무 미안했다. 아빠도 힘든 수술을 받으시고 회복되기까지 얼마나 힘드셨을지 생각하니 마음이 아팠다.

나는 병원에 도착하자마자 병실로 달려갔다. 아빠는 벌써 환자복을 갈아입고 퇴원 준비를 하고 계셨다. 아빠는 나를 보고 환히 웃으셨다. 계속 우느라 빨개진 내 눈을 보고는 울지 말라며 토닥여주셨다.

"주연아, 아빠 괜찮아. 수술 잘 끝났어. 걱정하지 마라. 시험은 다 잘 끝내고 온 거지?"

아빠는 오히려 나를 걱정하고 계셨다.

"시험 잘 끝냈으니까 걱정 마. 지금 시험이 중요한 게 아니라 아빠 건강이 더 중요하잖아요."

나는 거의 울먹이며 대답했다. 다행히 아빠의 표정은 좋아 보이셨는데, 아무래도 살은 좀 빠진 것 같았다. 그 순간, 내게 큰 고민이 생겼다. 내가 공부를 마치고 한국에 오기까지 적어도 4년 반이 남았다. 그동안 부모님은 계속 더 나이가 드실 텐데, 내가 돌봐드려야 할 일이 많아지지 않을까? 헝가리에서 계속 공부하는 게 잘하는 일일까? 이미 한국에서 대학을 졸업했는데, 약대를 또 가려는 건 괜한 욕심 아닐까? 지금 부모님께서 힘드실 때 곁에 같이 있는 게 맞지 않나? 밀려드는 생각에 머리가 복잡해졌다.

꿈을 쫓을 것인가, 가족을 돌볼 것인가. 어느 하나도 포기할 순 없었다. 내 마음은 갈팡질팡했다.

결정의 순간에는
나를 믿어라

아빠의 갑작스러운 병환으로 유학 생활을 계속해야 하는지 의문이 들었다. 새로운 결정을 해야 할 것만 같았다. 혼란스러웠다. 그러나 당장은 아무 결정도 내릴 수 없었다. 그래서 우선은 1학년 2학기를 마치기 위해 부다페스트로 향하는 비행기에 몸을 실었다.

세게드에 가자마자, 정신없이 쏟아지는 수업과제를 해내고, 수많은 시험을 치렀다. 하루하루 바쁘게 지내며 2학년 1학기까지 잘 마쳤다. 예전과 달리 부모님과 통화도 자주 했다. 한국에서 인터넷 전화기를 가져가서 수시로 통화하며 서로의 일상을 공유했다. 다행스럽게도 아빠의 건강은 점점 회복되고 있었다. 2학년 1학기 시험을 빨리 마치고, 약 한 달 정도의 겨울 방학을 보낼 수 있게 된 나는 한국으로 향했다.

한국에 가니 동생은 졸업예정자 신분으로 취업준비가 한창이었다. 당장 다음 주가 면접이라고 하여 나는 옆에서 동생을 성심성의껏 도와줬다. 동생이 면접을 보러 가는 날 아침, 동생을 응원해주기 위해서 나도 함께 따라나선 길에 문득 처음 헝가리에 간 날이 떠올랐다. 세게드 약대 면접에 동생이 함께 가준 덕분에 나는 심리적으로 많이 안정됐었다. 우리는 서로 의지하여 좋은 결과를 이루어냈기에 이번에는 내가 동생을 도와줬다.

동생은 면접 본 회사에 최종합격을 했다. 우리 가족은 동생의 새 출발을 응원해주며 진심으로 기뻐했다. 나는 나보다 먼저 취업을 한 동생이 부럽기도 했다. 당당히 취업한 동생을 보며, 나도 빨리 공부를 끝내고, 원하는 회사에 취업해야겠다는 생각이 들었다. 그런데 갑자기 부모님이 내게 뜻밖의 제안을 하셨다.

"주연아, 너 예전보다 영어로 대화하는 것이 편해지지 않았니?"

"음, 헝가리 가기 전보다는 훨씬 낫지. 이제는 어느 정도 대화는 되고, 외국인을 만나도 두렵지는 않아."

"그러면 주연이 너도 한국에서의 취업을 고려해보는 게 어때? 아빠가 생각했을 때는 헝가리 약대를 졸업한다고 해도 한국에서 약사를 할 수 있을지 확실하지도 않고, 그때 되면 나이도 차서 취업이 더 힘들 것 같아."

"그래, 엄마도 아빠 말씀대로 해보면 좋겠어. 서른 되기 전에 취업에 도전해보고, 결혼도 생각해야지. 이번 겨울방학에 한국에 있으면서 가능한 회사에 지원해보는 게 어떠니?"

나는 굉장히 당황했다. 아픈 아빠를 뒤로하고 헝가리에 갔을 때 외국에서 공부를 계속해야 하는지에 대한 고민은 있었지만 그 외 다른 길을 생각해보지는 않았었다. 부모님의 제안을 듣고 곰곰이 생각해봤다. 헝가리 약대를 졸업해도 장밋빛 미래가 보장될 것 같지는 않았다. 약대를 졸업하고 유럽에서 취업하는 것도 떠올려봤다. 그러나 여자 혼자서 외국에서 사는 일이 쉽지는 않아 보였다. 부모님 말씀처럼 이 시기에 다른 것을 한번 시도해보는 것도 나쁘지 않겠다는 판단이 들었다.

"위기의 시기에는 가장 대담한 방법이
때로는 가장 안전하다."

미국의 전 국무장관 헨리 키신저가 한 말이다. 나는 머릿속으로 생각만 하기보다는 행동하기로 했다. 지금으로서는 무엇이 나에게 좋을지 판단을 할 수 없으니 대담하게 모험을 시도해보기로 결정한 것이다.

취업 사이트를 살펴보자 내가 원서를 쓸 수 있는 곳은 2군데 정도였다. 서울에 소재한 중소기업 제약회사 한 곳과 의료 관련 협회에 지원했다. 원서접수를 하고 결과를 기다리는 동안 마음은 가벼웠다. 설령 떨어지면 헝가리에 가서 약대 공부를 계속하면 된다는 생각 때문인 것 같았다.

그리고 예상 외로 두 곳에서 모두 1차 면접을 보러오라는 연락을 받았다. 나는 최선을 다해 면접을 준비했다. 나중에 후회하지 않기 위해 성심성의껏 면접에 임했다. 회사는 다르지만, 면접관들의 질문은 비슷했다.

"주연씨, 왜 헝가리 약대 유학을 중도에 포기하고 한국에 와서 취업하려는 거지요?"

"네. 제가 헝가리에 있는 동안 아빠께서 갑자기 폐암 수술을 하셨습니다. 이 일을 계기로 부모님도 한국에 계속 있기를 원하셔서 저도 한국에서 취업하기로 결정했습니다."

나는 솔직하게 대답했다. 내 진심이 통했는지 면접은 순조

로웠다. 나도 처음 해보는 회사 면접이었는데, 떨지 않고 내 생각을 차분하게 말할 수 있었다. 결과는 두 곳 다 1차 면접 통과였다. 최종 결정은 나중에 생각하기로 하고 2차 면접까지 도전했다. 제약회사는 최종합격하지 못했으나 의료 협회에는 최종합격했다. 정말로 결정의 순간이 왔다. 부모님께 의견을 여쭤보았다.

"우리는 한국에 남았으면 좋겠다. 하지만 무엇보다 너의 의견을 존중할 테니 잘 생각해서 결정했으면 한다."

부모님은 내가 후회하지 않고 원하는 삶을 살기를 바라고 계셨다. 나는 고민됐다. 내가 그토록 원했던 약대 공부를 계속하여 학업을 마치느냐, 지금 새로운 기회가 왔을 때 다른 일에 도전하느냐. 나는 선택의 기로에서 망설였다.

내가 협회에서 일하면 맡게 되는 업무는 영어 관련 통번역이었다. 사실 영어에 예전보다 자신감이 있긴 했지만, 내가 일로서 영어를 잘할 수 있을지는 확신이 서지 않았다. 그리고 무엇보다 영어로 일하는 것을 내가 정말 좋아하는 걸까 싶었다. 생각 끝에 나는 솔직하게 인정했다. 나는 영어로 일하는 것을 그렇게 좋아하지 않는다. 또한, 지금 약대 공부를 포기한다면 나중에 계속 후회할 것만 같았다. 결국 헝가리에서 학업을 계속하는 것이 옳다는 생각이 들었다. 헝가리에서 유급하지 않고 제때에 졸업하면 2년 반 후에는 학업을 마칠 수 있었다. 나는 이미 총 5년 중에서 반을 끝냈다. 지금까지 견딘 만큼만 하면 됐다.

내가 취업을 준비했던 것은 부모님의 권유라는 이유가 컸다. 하지만 정말 솔직히는, 앞으로 헝가리에서 헤쳐 나가야 할 과정들이 두렵기도 했던 것 같다. 많은 유학생이 겪는 문제이기도 했다. 해를 거듭할수록 공부가 점점 어려워지니 자연스레 학업 기간이 연장되고, 그러다 포기하고 고국으로 돌아가는 이도 많았다.

그래서 나도 한국에서 취업이 되었으니 새로운 삶을 살아볼까 하는 생각이 잠시 들기도 했다. 그러나 나는 흔들렸던 마음을 다잡고 공부를 계속하기로 마음 먹었다. 내가 꼭 부모님 옆에 있는 것만이 정답은 아닐 것 같았다. 헝가리에서 학업을 잘 마치고 한국에 돌아와, 내가 하고 싶은 일을 하면 부모님도 이해해주실 것 같았다. 지금부터 더 열심히 하기로 다짐했다.

모든 일이 탄탄대로라면 얼마나 좋을까? 그러나 세상일은 그렇게 만만하지 않았다. 마음먹은 대로 흘러가기도 하지만 위기가 오기도 한다. 내가 그토록 원했던 약대에 입학했지만,

예상치 못한 일들이 발생한 것처럼 말이다. 에리히 프롬은『나는 왜 무기력을 되풀이하는가』에서 자신의 나라와 가족을 떠나 미지의 땅으로 갈 용기는, 믿음을 바탕으로 해야만 가능하다고 말한다. 내가 유학을 그만두지 않고 계속하기로 결정한 것은 나의 믿음을 바탕으로 한 것이었다.

나는 평범함을 포기할 용기와
도전을 두려워하지 않는 용기를 품고
진짜 삶을 살기로 했다.

혼자 하는 여행이
내게 준 것들

나에게 여행이란 내 인생을 바꾼 터닝포인트였다. 여행에서 만난 인연을 통해 헝가리 약대를 알았고 유학까지 갔다. 여행은 내가 꿈을 이룰 수 있도록 발판을 만들어주고, 도전하는 삶은 즐겁다는 사실을 알게 해줬다. 헝가리에서 유학 생활을 하면서 기뻤던 것 중 하나도 유럽여행이 쉽다는 점이었다.

헝가리는 유럽의 중앙 동부에 위치하여 오스트리아, 슬로바키아, 우크라이나, 루마니아, 세르비아, 슬로베니아와 국경을 맞대고 있다. 이웃 나라인 오스트리아는 부다페스트에서 기차를 타면 2시간 내에 이동할 수 있다. 다른 유럽 국가들도 단시간에, 한국보다 저렴한 비용으로 여행할 수 있다는 장점이 있다.

헝가리에서 유학 생활을 하는 동안 나는 최대한 혼자 여행을 가보기로 마음먹었다. 당시에 내가 정말 감동적으로 본 영화가 있었다. 〈먹고, 기도하고, 사랑하라〉인데, 여자 주인공이 이혼 후 자기 자신을 찾기 위해 이탈리아, 인도, 인도네시아로 여행을 떠나는 내용이다. 영화 속에서 여자 주인공 줄리아 로버츠는 이렇게 외친다.

"색다른 경험을 할 수 있는 곳에 가고 싶어. 단 2주 동안이라도 나만의 시간을 보냈던 적이 없다고!"

나도 헝가리에서 새로운 환경에 적응하고, 학교에 다니면서 공부하느라 정작 나만의 시간이 없었다. 다시 한국에 돌아간 후에 여행하려면 돈도, 시간도 더 많이 들 텐데, 지금 이 좋은 기회를 놓치기가 너무 아까웠다. 그래서 2학년 부활절 방학에 5일 정도의 여행을 계획했다. 예전부터 동경했던 이탈리아에 무작정 가보고 싶었다.

이탈리아는 내가 대학생 때 책이고, 영화고 다 챙겨볼 정도로 좋아했던 작품, 〈냉정과 열정 사이〉의 배경이 된 곳이다. 영화의 배경이었던 피렌체의 두오모 성당에 너무나도 가보고 싶었다.

여행 날, 비행기와 기차를 이용하여 혼자서 피렌체까지 이

동했다. 문득 한국에서는 혼자서 밥도 잘 먹지 못했던 소심한 소녀가 외국에서 배낭을 메고 여기저기 다닐 수 있다는 사실이 너무 놀라웠다. 나 스스로가 대견했다. 유학 생활을 통해 길러진 내공이 있기에 가능했다. 자연스레 다양한 사람들도 만나게 됐다. 나와 동갑이었던 민박집 사장님, 마흔 살 워킹맘, 그중 가장 기억에 남은 사람은 영국에서 그림을 전공하는 1살 많은 언니였다.

우리는 피렌체의 두오모 성당에 함께 갔다. 언니는 〈냉정과 열정 사이〉의 OST를 mp3에 다운받아 와서 성당 꼭대기에 가서 듣자고 했다. 그 말대로 성당 꼭대기에 올라서 영화 OST를 듣는 순간, 너무나도 감격스러웠다. 마치 영화의 한 장면 속에 들어와 있는 것 같았다. 이탈리아 피렌체에서 가슴 설레는 러브스토리를 경험하지는 않았다. 그러나 언니와 〈냉정과 열정 사이〉에 대해 이야기를 나누면서 음악을 들었던 기억이 그보다 소중했다. 내가 헝가리에 돌아가서도 가끔 연락도 하고, 유학 생활의 애환을 나누며 의지했던 기억이 있다.

두 번째 나 혼자 여행의 나라는 영국 런던이었다. 내가 런던을 선택한 이유는 이탈리아에서 친해진 언니의 권유 때문이었다. 그런데 언니가 갑자기 한국에 들어가게 되는 바람에 혼자 여행이 된 것이었다. 그때 나는 여행에 꽤 자신만만했다. 하지만 이 자신감은 그리 오래가지 못했다. 이 정도면 영어도 잘 들리고 이해도 문제없다고 생각했는데……. 영국식 영어는 또 달랐던 것이다. 좌절감이 찾아왔다.

"Hello, Ju Yeon Lee. Welcome to our hostel. Do you have an ID card?"

순간 나는 'ID Card'가 무엇일까 잠깐 생각해봤다. 그러나 뭔지 모르겠고, 아무튼 난 갖고 있지 않아서 없다고 대답했다. 그런데 호스텔 사장님이 계속해서 물어보는 것이었다. 결국 나는 그게 도대체 뭐냐고 물어봤는데, 사장님의 설명이 나를 더 혼란에 빠뜨렸다. 무슨 말인지 도무지 이해가 되지 않았다. 당황하면 할수록 영국식 영어 악센트는 더욱 들리지 않았다.

한참을 그러고 서 있는데, 지나가는 다른 외국인이 나서서 나를 도와주었다. 나는 그에게 ID card가 도대체 뭔지 모르겠다고 푸념했다. 외국인은 나와 사장님의 설명을 듣더니 여권을 보여주면 된다고 하는 것이었다. 그제야 이해가 됐다. 호스텔 사장님은 신분증이 있냐고 물어본 것이었다.

나는 기본적인 영어도 알아듣지 못했다는 생각에 너무 부끄러웠다. 그래서 3일 내내 호스텔 카운터를 지나갈 때 고개를 숙이며 지나가곤 했다.

한국인 민박집이 아닌 호스텔에서는 내가 먼저 말을 걸지 않으니 사람들을 만나기가 쉽지 않았다. 그 까닭에 철저히 혼자가 되어 많은 생각을 했다. 헝가리에 돌아가서 영어 공부를 더욱 열심히 해야겠다는 다짐도 했다. 이렇게 여행할 수 있는 환경에 다시 한 번 감사했다.

내가 혼자 여행한 세 번째 국가는 독일이었다. 이때는 갑자기 기차로 이동하고 싶은 마음이 들어 기차 편을 알아봤다. 기차로 왕복 이동하는 건 무리가 있을 것 같아서 출발만 밤 기차를 타고 가기로 했다.

세게드에서 독일의 베를린까지는 총 14시간이 소요되었다. 침대칸이 비싸서 좌석으로 예약을 했는데, 정말이지 너무 힘들었다. 내 맞은편에 앉은 승객 때문이었다. 유럽인 남자였는데, 다리가 너무 긴 건지 나와 계속 무릎이 부딪혔다. 처음 몇 번은 자다가 깨서는 나도 미안하다고 이야기했다. 그러나 그 후에는 너무 졸려서 부딪혀도 그냥 무시하고 잘 정도였다.

새벽에 깼는데 온몸이 아픈 게 잠을 자도 잔 것 같지 않았다. '내가 왜 이렇게 사서 고생을 하고 있나?'라는 생각도 들었다.

그러나 베를린에 도착한 순간, 기차에서 힘들었던 감정은 자취를 감췄다. 베를린은 마치 내가 한국에서 살았던 동네인 듯 편안함을 줬다. 도시가 굉장히 깔끔하고 모던했다. 토요일 아침이라 그런 건지 조용하고 평온했다.

나는 베를린에서 관광을 한다기보다는 휴식을 취했다. 내가 5일 동안 돌아다닌 곳은 주로 공원, 백화점, 카페였다. 여러 곳을 돌아보지 않고 혼자만의 시간을 즐기는 것을 택했다. 엄마의 부탁으로 독일의 H사 제품을 여러 개 쇼핑하고 헝가리로 돌아가기 전날, 짐을 꾸리는데 가방이 잘 닫히지 않았다. 슬슬 수화물 추가요금이 걱정됐다.

다음 날 공항에서 발권하는데 저가항공이라 그런지, 직원은 수화물 무게에 대해 몇 번이나 나에게 질문을 하였다. 규정상 내가 기내에 가지고 탈 수 있는 수화물은 기본 사이즈 캐리어 하나였다. 그런데 나는 기본 사이즈 캐리어 외에 작은 가방 2개가 더 있었다. 나는 추가 짐은 없다고 이야기하고 비행기 티켓을 받았다. 그러나 양손에 짐이 가득했다. 나는 학생 신분으로 오버차지(Over charge)를 낼 수 없다는 생각에 무작정 들고 타기로 했다.

비행기를 타려고 마지막으로 신분증 검사를 하는 구간에서

줄을 서며 다른 사람들을 둘러보았는데, 나처럼 짐이 많은 사람은 하나도 없었다. 이대로 가면 꼼짝없이 추가요금을 내야 했다. 고민하던 나는 우선 2개의 작은 가방을 하나로 합쳤다. 그런 다음 내 앞에 남자 승객에게 말을 걸었다.

"저기 죄송한데요, 혹시 제 친구 행세를 해주실 수 있을까요? 한 사람당 하나의 짐만 가지고 탈 수 있는데 보다시피 제가 짐이 하나 더 있어서요. 만약 직원이 뭐라고 하면 제가 친구라고 할 테니 옆에서 친구가 맞다고만 대답해주세요."

그때 내가 무슨 생각으로 이런 부탁을 했는지 지금 돌이켜보면 잘 기억이 나지 않는다. 임기응변이었달까. 남자는 순순히 그러겠다고 해줬다.

드디어 내 차례가 되고 역시나 직원은 나에게 짐이 오버라며 들고 탈 수 없다고 말했다. 나는 뻔뻔하게 남자를 가리키며, 이 친구가 팔이 아파서 내가 대신 친구 짐을 들고 가는 거라고 설명했다. 직원은 남자에게 친구가 맞냐고 물어보았는데, 남자가 "Yes"라고 말하자마자 그냥 타라고 했다. 정말 다행이었다. 그렇게 추가요금 없이 비행기에 오를 수 있었다. 그때의 순발력과 용기가 없었더라면? 아마 나는 그 짐을 가지고 헝가리에 가지 못했을 것이다.

이렇게 여행은 나에게 용기와 도전의식을 키워줬다. 또한,

혼자만의 시간으로 공부에 지친 나를 다독여줬다. 내가 공부를 계속해야만 하는 이유를 되새기는 시간이었다. 그렇게 여행을 마치고 돌아오면, 신기하게도 재충전이 돼서 공부에 더욱 매진할 수 있었다.

문득 한국에서는 혼자서 밥도 잘 먹지 못했던 내가
혼자 외국 이곳저곳을 다닐 수 있다는 사실이 너무 놀라웠다.
나 스스로가 대견했다.
여행은 내가 꿈을 이룰 수 있도록 발판을 만들어주고,
도전하는 삶은 즐겁다는 사실을 알게 해줬다.

한국음식은
나만의 필살기

　2016년 5월 24일, 버락 오바마 대통령은 베트남의 한 식당을 찾아 현지인들 사이에서 편안하게 쌀국수와 맥주를 마셨다. SNS를 통해 이 식사 사진이 퍼지면서 오바마 대통령은 소탈한 이미지를 얻었다. 베트남 국민뿐만 아니라 전 세계인들의 민심을 사로잡는 계기가 되어, 가장 성공적인 식사 정치로 기록되었다.

　이처럼 식사를 함께 한다는 것은 중요한 의미를 지닌다. 정치인뿐만 아니라 유학 생활을 하는 학생에게도 의미가 있다. 더군다나 타지에서 외롭게 생활하고 있는 외국인에게는 더더욱 그렇다. 맛있는 음식을 서로 공유하는 게 큰 힘이 되기도 한다. 다람쥐 쳇바퀴 같은 삶 속에서 다른 나라의 음식을 맛보고,

친구들에게 한국의 음식을 소개하고 나눠 먹으며 나도 큰 기쁨을 얻었다.

　세게드 약대에는 아시안 유학생이 극히 드물었다. 입학을 하고 나니 시험이나 교수님에 대한 정보를 아는 것이 중요하다는 생각이 들었다. 그러나 나는 한국인 선배가 없었기에 궁금한 점들을 어떻게 해결해야 할지 몰랐다. 그러던 어느 날, 수업이 끝나고 나오는 길에 여자 아시안을 보게 됐다. 아마 그녀는 다른 수업을 듣기 위해 교실 밖에서 대기하고 있었던 것 같았다. 나는 무작정 그 친구에게 말을 걸었다.

　"안녕, 나는 세게드 약대 1학년이고 한국에서 왔어. 너는 어느 나라 출신이니?"

　나는 최대한 활짝 웃으며 내 소개를 했다. 그러나 그 친구는 웃지도 않고 무표정으로 대답을 했다.

　"나는 2학년, 이름은 코노미고 일본인이야."

　그리고 살짝 정적이 흘렀다. 코노미는 나에 대해 전혀 궁금해하지 않았다. 엄청 어색했지만 나는 이 기회를 놓치면 안 된다는 생각에 코노미에게 쉴 새 없이 말을 걸었다. 점점 분위기가 풀려서 대화를 잘 이어 나갈 수 있었다. 갑자기 이것저것 물어봤는데도 상세하게 대답해준 코노미에게 나는 고마운 마음이 들었다. 내가 나중에 커피를 대접하고 싶다고 하자 코노미는 흔쾌히 알겠다며 핸드폰 번호를 알려줬다.

나중에 다른 2학년 선배들한테 듣게 된 이야기인데, 코노미는 다른 친구들과 별로 어울리지 않고 혼자서만 학교 생활을 했다. 그나마 의대에 재학 중인 소수의 일본인들하고만 어울렸다. 내가 코노미와 대화를 대화를 했다고 하자 다들 꽤 놀라는 눈치였다. 한 친구는 이렇게 말하기도 했다.

"아마도 코노미는 네가 한국인이라서 쉽게 마음을 열었나 보다."

그 후에도 나는 학교에서 코노미와 마주치면 이것저것 말을 걸고 친해지려고 노력했다. 그러다 코노미가 나에게 학과과정에 대해 친절하게 알려준 것이 너무 고마워서 집으로 초대를 하여 음식을 대접하기로 마음을 먹었다. 토요일 낮에 우리집에 점심을 먹으러 오라고 하니 코노미는 알겠다고 했다.

마침 나의 독일인 룸메이트 안나도 일본인 코노미를 굉장히 궁금해하고 있던 차였다. 서로를 소개해주기도 좋은 자리였다. 내가 대접할 점심 식사 메뉴는 김밥과 불고기였다.

안나는 한국음식에 굉장히 관심이 많았다. 내가 조그만 전기밥솥에 밥을 해서 나눠주면 맛있게 먹었다. 독일에서는 밥을

2주에 한 번 먹을까 말까 했는데, 나와 함께 산 뒤로는 일주일에 세네 번 잘 챙겨 먹는다며 굉장히 좋아했다.

코노미가 오기로 한 전날부터 나는 매우 바빴다. 한국에 있었으면 시도해볼 생각조차 하지 못했을 일이었다. 다행히 김밥은 동생과 노르웨이에 있을 때 많이 만들어봐서 수월했는데 불고기가 문제였다. 헝가리에서는 고기를 우리나라처럼 썰지 않고 큰 덩어리째로 팔아서 내가 다 썰어야 했다. 나는 도저히 덩어리 고기를 사서 한국에서 파는 불고기처럼 얇고 부드럽게 썰 자신이 없었다. 그래서 고기를 사러 갈 때 시장의 작은 정육점에 가봤다.

미리 헝가리어 사전에서 불고기라는 단어를 찾아가서 물어봤더니, 불고기용 고기는 없다고 했다. 혹시나 하고 돼지고기 앞다리를 물어봤더니 있다고 했다. 정육점 사장님께 고기를 얇게 썰어달라고 하니 처음에는 안 된다고 고개를 절레절레 흔드셨다. 그러나 내가 계속 부탁을 하자 마지못해 해주셨다. 정말 다행이었다. 두꺼운 고기를 내가 직접 일일이 칼로 썰었다면 요리를 하기도 전에 지쳤을 텐데 말이다.

나는 인터넷에서 레시피를 찾아가며, 모르는 것은 한국에 있는 엄마에게 전화를 해가며, 불고기를 완성했다. 아무래도 외국인들은 달달한 맛을 좋아할 것 같아 설탕 대신 꿀을 좀 과하게 넣었다. 안나와 코노미 모두 맛있어했다. 김밥은 자르다가 좀 터지기도 해서 모양이 이상했지만 두 친구들은 너무나도 맛있게 다 먹었다.

크세노폰의 역사 소설 『키로파에디아』에는 페르시아 제국을 건설한 키루스 왕의 어린 시절에 관한 설명이 나온다. "키루스는 그렇게 저녁 식탁에서 모두를 즐겁게 해줬다. 그리고 낮에 할아버지나 외삼촌이 무언가를 필요로 하는 것을 볼 때면, 그 누구보다 앞서 필요한 것을 갖다주곤 했다. 키루스는 그들에게 무언가를 해주는 것을 매우 기뻐했다." 키루스 왕은 어린 시절부터 상대방에게 기쁨을 주는 것을 좋아했다. 사람들을 살피고 필요한 것을 먼저 챙기는 성격이었던 것이다.

나도 유학 생활을 하면서 누군가에게 기쁨을 주는 일이 참 즐겁다는 것을 알았다. 받는 것을 바라기보다 친구들이 필요한 것을 먼저 해주려고 노력했다. 그중 하나가 바로 내가 먼저 외국인 친구들에게 음식을 해주는 것이었다. 코노미와는 그때 우리집에 놀러온 이후로 더 친해질 수 있었다. 음식으로 인해 우정을 쌓은 것이다.

11월의 어느 날, 치대에 재학 중인 이란인 친구 마리암에게 연락이 왔다. 한국 김치를 만들어보고 싶은데 주말에 와서 함께 만들면 어떻겠냐는 것이었다. 나는 그러겠다고 했지만 아차 싶었다. 나는 한국에서 김치를 먹어보기만 했지, 담가본 적은 없었다. 그래도 김장철에 엄마를 도와드린 경험으로 도와주겠다고 했다.

마리암은 재료준비부터 열심이었다. 세게드에서는 재료 구하는 게 쉽지 않아서 부다페스트의 한인 마켓에까지 가서 재료를 구해왔다. 나도 열심히 친구와 함께 유튜브와 블로그를 보며 김치를 담갔다. 처음으로 만들어본 김치였는데 맛도 좋았다. 외로운 유학 생활 동안 친구와 요리를 하고 다양한 음식을 맛보면서 힘든 시기를 함께 견뎌냈다. 지금도 김치, 불고기, 김밥을 보면 유학 시절 친구와의 우정이 생각난다.

'장안에서 고생하던 때 생각해보면
어찌 고향의 봄날을 헛되이 보내랴.
오늘 아침에 산에 놀러가잔 약속 또 저버리니
속세의 명리인 알게 된 게 후회스럽네.'

최치원의 「봄놀이 약속을 저버린 친구에게」를 읽으면서 유학 시절의 친구들을 떠올렸다. 친구들은 5년 동안의 유학 생활에서 큰 힘이 돼주었다. 졸업 후 한국에 와서 연락도 자주 하고 친구의 고국에 놀러가기로 약속을 했지만 쉽지는 않았다. 바쁘다는 핑계로 연락도 드문드문했고, 서로의 결혼식에 참석하지 못해서 아쉽기도 하다.

그 시절, 나는 음식으로 사람들과 좋은 인연을 유지했다. 버락 오바마가 식사를 정치에 이용했듯 나도 한국음식으로 나만의 정치를 했다. 내가 포기하지 않고 유학 생활을 할 수 있었던 나만의 필살기였다.

진실한 노력은
운을 불러온다

나는 운이 좋은 사람이다. 헝가리 약대 입학이 결정된 후부터 나는 스스로 '운이 좋은 사람'이라 믿으며, 그렇게 말하고 다녔다. 그래서 그랬을까? 실제로 헝가리에서의 유학 생활도 5년 안에 운 좋게 마칠 수 있었다. 하시가이 고지의 『운이 좋다고 말해야 운이 좋아진다』라는 책에서도 이에 대해 말하고 있다. 운 좋게 일이 잘 풀리는 상상을 하며 매 순간 '운이 좋다'고 중얼거린다면 뇌는 이를 진짜로 받아들이고, 현실도 그에 맞춰 움직이기 시작한다는 것이다.

어느덧 세게드 약대 생활을 한 학기만 남겨두고 있었다. 예상보다 일찍 시험이 끝나서 한 달의 겨울방학을 보낼 수 있었다. 그러나 마냥 놀거나 휴식을 취할 수만은 없었다. 논문을 마무리해야 했고, 헝가리 약사자격증이 걸린 최종시험이 남아 있어서 공부도 해야 했다. 그래도 나는 정신없이 보냈던 5학년 1학기의 삶이 지쳐서 한국에 가서 재충전을 하고 오기로 결정했다.

그렇게 한국에서 맛있는 음식도 먹고, 휴식을 취하며 겨울 방학을 보내고 있었다. 당시 엄청 인기 있었던 영화 〈변호인〉을 부모님과 보고 나오는 길이었다. 핸드폰을 보니, 이메일이 도착해 있어서 열어봤는데, 나도 모르게 소리를 질렀다.

"으악! 어떡해……."

"주연아, 왜? 갑자기 무슨 일이야?"

"엄마, 나 세게드에 가자마자 이사해야 해. 내가 지금 렌트해서 살고 있는 집이 팔려서 가능한 빨리 비워줘야 한다네."

"한 학기만 버티면 되는데, 마지막 학기에 무슨 일이니."

놀라움도 잠시, 부모님은 크게 걱정하지 않는 눈치셨다. 아마도 그동안 내가 별탈 없이 유학 생활을 잘해왔기에 이번에도 잘 해결하리라 생각하시는 것 같았다.

"엄마가 같이 가서 이사하는 거 도와줄까?"

"아니야. 엄마랑 아빠는 졸업식에 맞춰서 오기로 했으니 혼자서 잘 해결해볼게. 우선 집부터 구해야 하는데 당황스럽네."

부모님은 나의 졸업식에 맞춰 6월쯤 오셔서 2주간 같이 여행을 할 예정이었다. 그때까지 어떻게든 나 스스로 이사를 잘 끝내야만 했다. 집에 돌아와서 차분히 다시 메일을 읽고 답장을 했다. 나는 지금 한국에 있어서 당장 집을 비워줄 수 없으니, 2주 후에 세게드에 돌아가서 이사를 하겠다고 했다. 집주인도 갑작스러운 통보에 미안했는지 내가 이사할 집을 알아봐주고, 이사를 도와주겠다고 답장을 보내왔다.

한국에 있는 2주 동안 나는 오로지 이사와 집 생각만 할 수밖에 없었다. 원래는 논문도 쓰고, 시험공부도 하려고 잔뜩 챙겨왔지만 집중이 잘 되지 않았다. 그래서 나의 모든 인맥을 동원해서 세게드의 친구들에게 도움을 요청해보기로 했다. 친구들 모두 도와주겠다고 답장을 해줬다.

며칠 후 친구 에리카로부터 메일이 왔다. 에리카는 내가 다니는 헬스장의 필라테스 수업에서 옆자리라 친해진 친구였다. 서로 자기소개를 하고 이런저런 이야기를 나누다가, 에리카가 나와 일주일에 한 번씩 영어회화를 연습하고 싶다고 제안해왔다. 나도 헝가리어를 연습하는 것이 좋을 것 같아서 에리카에게는 헝가리어 연습을 부탁했다. 우리는 일주일에 한 번씩 운동을 같이하고 언어연습을 했다.

이메일에 나는 급하게 렌트할 집을 알아보고 있다고 했었고, 우연인지 필연인지 행정실에서 일하는 에리카와 친한 교수님의 집이 비어 있다고 했다. 에리카는 자기가 말해뒀으니, 곧 교수님의 부인이 내 이메일로 집 내부구조 사진을 보내줄 거라고 했다. 나는 너무도 신기했다. 세게드에 가자마자 집을 구할 생각에 정말 막막했는데, 그동안의 인맥으로 너무나도 쉽게 해결된 것이다.

그 뒤에 나처럼 마지막 학기를 앞둔 프랑스어과 친구 베키에게서도 연락이 왔다. 베키는 집에서 통학하기가 힘들어서 학교 근처에 렌트할 집을 찾고 있었는데, 나만 괜찮다면 같이 살자고 했다. 그렇게 룸메이트도 해결이 됐다.

그때부터 나는 나의 운을 진심으로 믿기 시작했다. 나 스스로가 운이 좋은 사람이라고 생각하니, 어렵고 힘들 것 같던 일도 순순히 잘 풀렸다. 내가 세게드에 도착하니 집주인도 내가 살 집을 알아봐주고, 베키 또한 몇 군데의 집을 나에게 소개해줘서 같이 집을 보러 다녔다. 결국 우리는 학교와 거리가 가까운, 에리카가 소개해준 교수님의 집을 렌트하기로 결정했다.

운에 대한 믿음은 시험을 볼 때도 마찬가지였다. 나는 최선을 다했다. 내가 할 수 있는 만큼 노력했다. 하지만 모든 것을 암기하고 이해할 수는 없었다. 그래도 최대한 공부를 하고, 시험 보기 전에 '나는 운이 좋다'고 중얼거렸다. 항상 필기시험은 그럭저럭 잘 보았는데 구술시험이 문제였다. 교수님 앞에만 앉으면 왜 이리 긴장되는 것일까? 분명히 제대로 암기하고 공부했는데, 머릿속이 새하얘지는 상황이 허다했다.

3학년 1학기 때 들었던 약화학 과목은 공포 그 자체였다. 복잡한 약물의 구조를 정말 달달 암기해야만 했다. 나는 노트에 빽빽하게 쓰면서 암기를 했다. 그런데 외웠다 싶으면 다른 약물을 외우다가 잊어버리고, 설상가상 전날 암기했던 약물도 잊어버렸다. 정말 이때 공부하면서 나의 자존감은 바닥까지 떨어졌다. 남들은 노력하면 된다는데 나에게는 그 말이 통하지 않는 것 같았다. 밑 빠진 독에 물 붓기를 하는 심정이었다.

헝가리에서는 학기 중에 보는 시험을 MTO(Midterm oral exam)라고 부른다. 약화학 과목은 이 MTO와 관련한 특이한 조건이 있었다. 바로 MTO 두 번을 90점 이상을 맞을 시에 학기를 끝내고 치르는 파이널 시험에서 필기시험을 면제받고 구술시험만 보면 되는 것이었다.

공부는 나의 길이 아닌 것 같다, 자책을 하면서 첫 MTO 시험을 봤다. 점수는 70점이었다. 시험에는 패스했지만 내가 원했던 90점 이상이 아니었다.

　교수님은 패스를 하지 못한 친구들은 재시험을 볼 수 있다
며 나에게도 재시험을 제안하셨다. 재시험을 보겠다고 했는데
마음에 걸리는 것이 있었다. 시험이 끝나고 가을방학을 맞이
하여 독일 여행을 계획해놓은 것이었다. 시험은 방학이 끝난
직후 월요일 오전 8시였다.

　처음에는 미리 예매해둔 비행기표와 기차표를 모두 취소할
까 생각도 했었다. 하지만 저렴한 표를 구매한 터라 취소했을
땐 환불을 받지 못했다. 숙소도 고르고 고른 건데 취소하기 아
까웠다. 무엇보다 그동안 정말 가고 싶었던 독일이었다. 나는
나의 운을 시험해보기로 했다. 여행가방을 챙기면서 공부할
교재와 필기구도 같이 넣었다. 베를린에 도착해서 아침 1시간
과 저녁에 자기 전 1시간만 시험공부를 하기로 마음을 먹었다.
많은 관광지를 돌아다니지 않았기에 하루 2시간 정도는 공부
를 할 수 있었다.

　그렇게 5일간의 여행을 마치고 세게드에 금요일 밤에 도착
했다. 그리고 주말에는 초집중모드로 시험공부에만 전념했다.
이틀 동안 집 밖에 나가지도 않은 채 공부만 했다. 공부를 하는
동안 긍정적인 생각도 멈추지 않았다. 나는 운이 좋아서 90점

이상 받을 것이라고 계속 암시했다. 나의 사정을 아는 친구 페리아는 걱정을 했다.

"잘 볼 수 있겠어? 교수님께 시험 날짜를 연기해달라고 해보면 어때?"

그러나 다른 친구들은 내내 공부하고 준비했을 텐데, 나 하나 때문에 일정을 바꾸자는 건 예의가 아니었다.

"비록 공부는 많이 못 했지만 할 수 있는 최선을 다했어. 내가 만약 운이 좋으면 시험을 잘 볼 것이고, 설사 시험을 못보더라도 후회는 없을 것 같아."

결과는 90점을 넘었고 파이널 시험에서 필기시험을 면제받았다. 시험 날인 월요일 새벽까지 공부했는데, 그때 공부한 것이 마침 시험에 나왔던 것이다. 나의 노력과 긍정적인 생각이 이뤄낸 결과였다. 내가 성공적으로 유학을 잘 끝낼 수 있었던 것도, 최선을 다하는 태도에 운이 뒷받침됐기 때문이다.

이 운은 저절로 생긴 게 아니다.
내가 흘린 땀과 노력이 운을 만들었다.

Chapter 3

모든 것을 걸고
공부해야 할
순간이 온다면

반드시 성취하는
세 가지 원칙

MBC 〈PD 수첩〉에서 헝가리 의대에 관하여 다룬 적이 있다. 다음의 인터뷰는 헝가리 의대 유학생을 둔 부모가 이야기하는 장면이다.

"중요한 것은 지금까지 국가고시에 응시한 졸업생이 16명밖에 없다는 거예요. 아마 수백 명이 왔다 갔을 텐데. 지금 이 통계(국시 응시자 수)를 보면 졸업생이 몇 명이 없는 거죠."

연도별 헝가리 한국 유학생 현황을 보면 2014년에는 343명, 2015년 344명, 2016년 315명, 2017년 421명, 2018년 501명이다. 지난 10년간 헝가리로 유학을 간 학생은 수백 명이지만 졸업한 후에 한국에서 의사가 된 학생은 대략 25명이었다. 성공적으로 졸업하여 의사가 되기는 쉽지 않은 일이라는 것을 보여주는 예이다.

물론 나는 의대보다는 공부량이 비교적 적은 약대생이었다. 그러나 약대 생활은 정말 힘들었다. 입학은 쉬웠어도 졸업은 어려웠기 때문이다. 내가 다닌 세게드 대학교에서는 한 학기마다 수십 번의 시험을 치렀다. 게다가 학기 말에는 파이널 시험을 통과해야 비로소 한 학기가 끝이 났다. 그런데 파이널 시험의 범위가 지난 1년 혹은 2년 동안 배운 내용일 때도 많고, 몇몇 과목의 경우는 서로 연계돼 있어서 한 과목이라도 시험을 통과하지 못하면 다음 학기 등록을 할 수 없다. 즉 유급을 하는 불행한 사태가 발생하기도 하는 것이다.

나는 적지 않은 나이에 헝가리 약대에 입학했다. 스물여섯에 약대 공부를 시작해서 유급 없이 졸업해도 내 나이는 서른하나였다. 나는 나이 때문이라도 유급만은 꼭 피하고 싶었다. 주변을 돌아보면 유급 때문에 고생하는 외국인 학생들이 많았다. 2학년만 5년째 다니는 경우도 있을 정도였다. 따라서 유급하지 않고 5년 안에 졸업하는 것이 나의 목표였다. 그러기 위해서 내가 세운 나만의 원칙이 몇 가지 있었다.

첫째, 시험이 있는 기간은 도서관에 매일 출근한다.

둘째, 학교 수업은 100% 출석한다.

셋째, 공부는 매일 한다.

이 원칙들이 내가 별 탈 없이 헝가리 약대에서 살아남을 수 있었던 최선의 방법이었다. 나의 일상은 마치 다람쥐 쳇바퀴 돌 듯 반복적이었다. 그러나 공부를 하고 시험을 자주 보는 학생의 일과로서는 일품이었다. 나는 그렇게 단순하고 반복적인 한 걸음, 한 걸음으로 무수한 시험들을 헤쳐 나갔다.

● **첫째, 시험이 있는 기간은 도서관에 매일 출근한다**

파이널 시험 기간에는 수업이 없고 시험만 치르면 됐다. 시험도 여러 날짜 중에 선택할 수 있어서, 철저히 내 계획표대로 공부하고 시험만 잘 보면 됐다. 나는 이 기간만큼은 무슨 일이 있어도 도서관에 매일 출근했다. 도서관에서 공부하면 다른 학생들이 어떻게 공부하는지도 보이고, 나태하지 않게 공부할 수 있었다. 집에서는 인터넷의 유혹 때문에 집중해서 공부하기가 힘들었다. 도서관에서만은 다른 생각 없이, 인터넷도 공부에 필요한 것만 하고, 집중해서 공부하기가 훨씬 수월했다.

탈무드를 보면 어느 두 남자의 이야기가 나온다. 오랫동안 여행을 해서 몹시 배가 고픈 상태였던 그들은, 우연히 맛있는 과일이 가득 담긴 발견했다. 하지만 그 바구니는 아주 높은 천장에 매달려 있었다.

첫 번째 남자는 과일 바구니를 보며, "저 과일을 먹고 싶지만, 너무 높은 곳에 있어 꺼낼 수가 없구나"라고 했다. 또 다른 남자는 "난 저 과일을 꼭 먹고야 말겠다. 아무리 높은 곳에 있다 해도 누군가가 저기에다 매달아놓은 것일 테니, 나라고 저 위에 올라가지 못할 이유가 없지 않은가"라고 했다. 그러곤 어디에선가 사다리를 구해와 한 걸음, 한 걸음 딛고 올라가 과일을 꺼내 먹었다.

공부도 마찬가지 아닐까? 쉬지 않고 사다리를 한 칸씩 밟고 올라가듯이 노력해야 한다. 물론 쉬운 일은 아니다. 지루하기도 하다. 그러나 이런 과정 없이는 목표를 이룰 수 없다.

● 둘째, 학교 수업은 100% 출석한다

나는 학교 수업에 절대 빠지지 않았다. 간혹 다른 학생들은 혼자 공부하는 시간을 늘린다는 이유로 수업에 출석하지 않을 때가 있었다. 그러나 내 생각은 달랐다. 약대에서 파이널 시험을 최종평가하는 교수님들은 대부분 수업을 진행하셨던 분들이었다. 그만큼 수업에서 배운 것이 중요했다. 나는 어쩌다 공부 시간이 많이 부족할 때는, 수업에서 들었던 것을 구술시험에 활용하여 시험에 패스한 적도 있었다. 하지만 그 당시에는 마음이 조급했었다. 어떤 날은 다들 따로 공부하러 가고 나 혼자서 수업을 들은 적도 있었는데, 속에서 이런 생각이 들었다. '나도 도서관에서 공부해야 하는데, 괜히 출석해서 시간을 보내고 있는 건가? 다른 친구들처럼 혼자서 암기하고 공부하는 것이 낫지 않을까?'

"천천히 조급하지 않게 걷는 자에게
이르지 못할 먼 길은 없으며,
끈기 있게 준비하는 자에게 얻지 못할 이득은 없다."

프랑스의 잠언가 라 브뤼에르가 한 말이다. 공부는 장기전이다. 특히 유학 생활에서의 공부는 더더욱 그렇다. 한두 달에 끝나는 공부가 아니고 수년이 걸린다. 조급함을 버리고 꾸준히 공부해야 5년을 잘 마칠 수 있다. 조금씩, 천천히, 포기하지 않고 공부를 하면 되는 것이다. 출석에 대한 고민은 한동안 계속됐다. 하지만 4학년이 됐을 때 나는 확신했다. 학교 수업을 충실히 듣고 조금씩 끈기 있게 공부하는 게 정답이라는 것을.

● 셋째, 공부는 매일 한다

공부의 감을 잃지 않기 위해서는 매일매일 꾸준히 공부하는 것이 중요하다. 나는 주로 아침 8시부터 5시까지는 학교에서 보냈다. 약대 수업은 보통 1학기에 30학점 이상이라, 어느 날엔 수업과 실습이 저녁 7시 반까지 연이어 있을 정도로 굉장히 빡빡했다.

그 가운데 제일 아쉬웠던 것은 도서관 개방시간이었다. 나는 집보다 도서관에서 공부하는 것을 선호했는데, 오전 8시에 열고 오후 8시면 닫았다. 그래서 평일에는 수업이 끝나자마자 도서관으로 달려갔다. 못 가더라도 집에서 10분만 앉아서 공부를 해보자는 원칙은 꼭 지키려고 노력했다.

하루에 내가 듣는 과목은 4~5개 정도였다. 수업시간에 필기를 열심히 하고, 나중에 반드시 필기를 훑어보며 복습했다. 정말 피곤하고 몸이 힘들지라도, 그날 배운 것은 그날 복습하여 한 번 더 머리에 되새기는 작업을 했다.

『0초 공부법』의 저자인 우쓰데 마사미도 "조금이라도 공부를 하면, 그만큼 확실히 진도가 나간다. 이것이 다음에 공부할 때의 허들을 낮춰준다"고 했다.

공부 또한 사다리를 한 칸씩 밟고 올라가듯이 해야 한다.
이런 과정 없이는 목표를 이룰 수 없다.

실제로 나도 그랬다. 처음 의자에 앉기가 힘들지, 막상 앉아서 10분만 공부를 한다고 생각하면 그렇게 어려운 것이 아니었다. 컨디션이 좋으면 10분이 2시간으로 늘어나기도 했다. 이런 반복 공부를 책에서는 '복리의 마법'이라고 표현하기도 했다. 정말 딱 맞는 말이었다. 내가 매일 시도한 10분 공부는, 적은 시간을 투자해도, 나중에는 그것이 쌓여서 큰 결과로 돌아왔다.

솔직히 말하자면, 공부는 재미있을 때보다 하기 싫을 때가 많았다. 그러나 나는 지루한 과정을 견디고 공부를 해야만 했다. 나만의 원칙을 만들어 그것을 지키려고 노력했다. 출석률 100%, 10분씩 공부하기를 매일 시도했다. 이렇게 매일 하려고 노력했을 때 습관이 되고 성취가 이루어졌다.

나에게 주어진 시간은 5년밖에 없고, 유급하면 한국에 가야 한다는 각오를 매번 시험 때마다 다지며 열심히 공부했다. 어찌 보면 나 스스로를 절벽에 밀어 넣고 배수진을 친 셈이었다. 이런 마음가짐으로 유급 없이 단번에 무사히 졸업할 수 있었다. 조금씩 성취해서 목표를 이뤘을 때의 뿌듯함은 이루 말로 표현할 수 없었다.

한순간도
놓치지 마라

나의 기억력은 어린 시절부터 훈련을 받지 못한 탓인지 별로
좋은 편이 아니었다.

따라서 그 결점을 보완하기 위해서 나는 모든 자투리시간을
최대한 활용했다.

말하자면 시간을 훔쳤다고나 할까?

또한, 심부름을 다닐 때는 비가 내릴지라도
반드시 손에 책 한 권을 들고 뭔가를 암기하며 다녔다.
우체국에서도 아무것도 읽지 않고 멍하게 기다린 적은 거의
없었다.

독일의 고고학자이자 언어천재로 불리는 하인리히 슐리만의 공부법이다. 그는 일찌감치 자신의 기억력이 좋지 않다는 걸 알았다. 하지만 자투리시간을 활용한 짬짬이 공부법으로 천재의 반열에 올랐다. 15개국어에 능통하기까지 엄청난 노력을 했다. 상인으로서도 성공하고, 트로이 유적 발굴에도 성공하는 업적을 이뤘다. 그야말로 노력형 천재였던 것이다.

약대에 입학 후 나는 늘 시간에 대한 불평을 달고 살았다. 해야 할 공부는 많은데 시간은 부족했기 때문이었다. 그러나 내가 불평을 한다고 없는 시간이 생기지도 않았다. 어쨌든 나는 없는 시간을 쪼개서 공부를 해야 했다. 그래서 잠을 줄여보기도 했으나, 다음 날 역효과가 발생했다. 수업시간에 꾸벅꾸벅 졸기 일쑤였다. 수업이 영어로 진행되어 따라가기도 바쁜데 졸고 있다니⋯⋯. 스스로가 정말 한심했다. 그 후 나는 잠은 충분히 자기로 했다. 대신에 낭비하는 시간을 줄이려고 노력했다.

약대의 수업시간은 한 과목당 2시간 정도다. 보통 수업 중간에 10분 정도 쉬는 시간이 있는데, 나는 이때를 놓치지 않았다. 쉬지 않고 바로 직전에 교수님이 설명해주신 내용을 복습했다. 쉬는 시간에 하는 복습은 어렵지 않았다. 내가 필기한 내용을 중심으로 훑어보며, 억지로 암기하려고 애쓰지도 않았다. 가볍게 읽어보는 정도로 임했다. 그러면 10분이라는 시간은 금방 지나갔다. 그리고 수업이 끝난 후에 다시 한 번 복습하면, 장기기억으로 전환하는 데 큰 도움이 됐다. 나중에 시험공부를 할 때도 효율적으로 할 수 있었다.

사람은 외운 것을 1시간 후에는 56%, 하루 후에는 74%, 일주일 후에는 77%를 잊어버린다고 한다. 너무나도 유명한 '에빙하우스의 망각 곡선' 이론이다. 에빙하우스는 먼저 일정 시간을 두고 공부할 범위를 배분하라고 했다. 우리 뇌가 망각을 시작할 시점을 넘기지 않고 그것을 복습한다면, 단기기억을 장기기억으로 전환하는 데 효과적이라는 이야기였다. 즉 우리가 복습해야 하는 이유는 장기기억의 증강 때문인 것이다.

내가 쉬는 시간에 하는 복습은 1차 복습이다. 교수님이 강조하신 중요 내용을 한 번 더 뇌에 각인시킬 수 있다. 그리고 수업이 끝난 후에 두 번째 복습을 한다. 나는 두 번째 복습에는 많은 시간을 투자하지 않았다. 수업 때 교수님이 설명을 해주신 내용과 내가 필기한 것을 읽어보는 정도였다.

그 후 주말에는 세 번째 복습한다. 세 번째 복습부터 본격적인 공부라고 할 수 있다. 이때는 교수님이 정리해주신 수업자료를 다시 처음부터 끝까지 살펴보면서, 이해하고 암기한다. 모르는 것은 책도 찾아보고 인터넷 검색도 한다. 나는 필요하면 한국어로 된 설명을 찾아서 메모하기도 했다. 암기를 할 때는 눈으로 보면서 손으로 쓰고, 귀로 들으면서 입으로 중얼거렸다. 나의 모든 감각을 사용하여 암기했다.

그리고 시험 기간에는 네 번째 복습을 한다. 보통 학기 개강 후 한 달 정도가 지나면 첫 시험, MTO가 다가온다. 즉 네 번째 복습을 하는 시점은 첫 번째 복습의 한 달 뒤다. 에빙하우스의 이론대로 망각이 시작될 때쯤 네 번째 복습을 하는 셈이다. 네 번째 복습은 그간 암기가 제대로 됐는지 확인한다. 물론 잊어버리기도 한다. 그런 경우에는 다시 암기했다.

『의욕과 집중력이 생기는 공부법』의 저자 구메하라 케이타로는 공부를 꼭 책상 앞에 앉아서 해야 한다는 고정관념에서 벗어나라고 했다. 그는 욕실, 소파, 화장실, 공원, 길거리 등 다양한 환경에서 공부를 했다. 특히 학교까지 걸어 다니면서 직접 녹음한 영단어들을 들었다.

나 또한 시험이 임박했을 때는 학교에 걸어가는 동안에도 공부를 했다. A4용지에 공부할 내용을 적어서 눈으로 보고, 입으로 중얼거리며 암기를 했다. 가장 효과를 보았던 방법은 암기할 내용을 녹음한 것이었다. 자투리시간마다 녹음한 것을 들으면서 틈틈이 공부했다.

약대 1, 2학년 때는 영어로 하는 수업이 익숙지 않아서 교수님에게 양해를 구하고 수업 내용을 녹음했다. 그러나 녹음한 내용 전체를 복습하기에는 시간이 너무 많이 소요돼서 잘 활용하지는 못했다. 그래도 교수님의 영어 발음이나 스타일을 파악하는 데는 도움이 됐다.

3학년 때부터는 전공과목이 엄청 늘어난다. 많은 과목을 일일이 녹음하고 듣기에는 시간은 한정돼 있다. 그래서 나는 수업시간에 좀 더 집중하고, 필기를 열심히 하기로 했다. 강의 내용을 녹음하는 대신, 내가 중요한 것을 잘 정리하여 그것을 반복해 들었다.

밥을 먹을 때, 화장실에 갈 때, 통학을 할 때 내가 녹음한 것을 들으면서 다녔다. 처음에는 녹음한 내 목소리가 쑥스럽기도 했다. 점차 시간이 지나면서 내 목소리가 익숙해서 그런지 더 기억에 잘 남기도 했다. 녹음하기 전에는 우선 A4용지 한 장 정도의 분량으로 요약을 하면 좋다. 나는 요약을 할 때 정말 중요한 것들, 시험에 나올 만한 것들만 넣으려고 노력했다.

세계 기억력선수권대회 그랜드 마스터인 이케다 요시히로

는 눈으로 보는 것보다 귀로 들으면 더 잘 외워진다고 말했다. 초등학교 때를 떠올려보면, 구구단을 비롯한 다른 수업 내용들을 소리 내어 읽어본 기억이 많다. 음독으로 읽으면서 공부를 하면 훨씬 더 암기에 도움이 되기 때문이다. 이케다 요시히로는 '귀마개'를 이용하여 공부하는 것을 추천했다. 귀마개를 하고 입으로는 소리를 내서 공부를 하면, 소리의 진동이 뇌에 자극을 주어 집중력을 강화하고, 기억력을 끌어올린다는 것이다.

내 룸메이트 안나가 바로 귀마개를 이용하여 공부를 하곤 했다. 우리가 살던 집은 기차역 바로 옆에다가 트램이 지나다니는 골목에 있어서 소음이 꽤 있는 편이었다. 안나는 주로 집에서 공부를 했는데, 그 소음을 차단하기 위해 귀마개를 착용하고 공부했던 것이다. 그리고 귀마개를 한 채 입으로는 중얼거리면서 암기를 했다.

"안나, 왜 귀마개를 하고 입으로 중얼거리면서 공부를 하니?"

"귀마개를 한 상태에서 말하면서 공부를 하면 집중도 잘되고 잘 외워지는 것 같아. 그래서 암기를 할 때 주로 이렇게 공부를 해."

그때 나도 한번 안나처럼 귀마개를 하고, 입으로는 소리를 내어 암기를 해봤다. 그랬더니 신기하게도 내 목소리가 울리면서 바로 뇌에 전달되는 듯한 느낌을 받았다. 그러자 더 집중하게 돼서 암기에도 효과가 있었다. 그 후로도 종종 나는 외워야 할 부분이 생기면 귀마개를 착용하고 공부를 했다.

찾아보면 자투리시간은 생각보다 많이 있다. 나는 조금씩 시간을 모아서 차곡차곡 공부를 한다는 마음가짐으로 임했다. 그러자 더 효율적으로 공부할 수 있었다.

움직이면,
건강과 집중이 내 것이 된다

"마리암, 나는 하루하루 뿌연 안개 속에서 사는 듯한 느낌이야. 지금 매일 시험을 위해서 공부만 하고 있어. 시험 말고 다른 것은 생각할 여유도 없어. 이 안개가 영원히 걷히지 않을까봐 두려워."

3학년 2학기를 마치고 시험을 통과해야 4학년으로 진급할수 있는 시점이었다. 나는 매일 반복적으로 도서관에 출근하여 공부하는 것에 지쳐 있었다. 그때 나는 병태생리학을 fail하고 나서 몸과 마음이 힘든 상태였다. 재시험을 쳐서 통과하면 진급할 수 있었다. 시험을 볼 기회는 총 세 번이다. 사실상 한 번 fail을 해도 두 번의 기회가 있었다. 하지만 나로서는 열심히 공부했는데 fail이라니, 마인드 컨트롤이 어려웠다. 그래서 당시 4학년이었던 치대생 친구 마리암을 만나 하소연을 한 것이었다.

"Ju(주연을 발음하기 어려워 외국인 친구들은 나를 'Ju'라고 불렀다), 지금 공부하느라 많이 지친 것 같아. 온종일 공부에 열심인 것도 좋지만, 때로는 휴식을 취하면 어때? 예를 들면 하루에 1시간 정도는 산책하는 거야. 운동도 좋고."

마리암은 항상 친언니처럼 나에게 조언을 해주는 친구였다. 그렇다. 내게 지금 필요한 건 마리암의 말대로 휴식이었다. 나는 매일 앞만 보며 달렸다. 생각해보니 하루에 30분에서 1시간 정도 가벼운 운동을 한다고 공부에 큰 방해가 될 것 같지 않았다.

공부하고 수많은 시험을 치르려면 체력이 필수다. 또한, 건강한 마음도 중요하다. 두 가지를 해결하기 위해서는 운동밖에 없다는 생각이 들었다. 많은 시간을 소요하지 않으면서 내가 시도한 운동은 걷기와 달리기였다.

● 걷기

그 옛날 고대 그리스의 히포크라테스도 걷기는 가장 훌륭한 약이라고 했다. 나는 오전에는 계획대로 공부를 하고, 점심을 먹은 후에는 걸으면서 재충전의 시간을 갖기로 했다. 혹은 공부가 좀 잘된다 싶으면 6시까지 공부를 하고, 저녁을 먹은 후에 걸었다. 날씨는 산책하기 더없이 좋았다. 왕복 1시간 정도의 거리를 거의 매일 걸었다. 너무 무리하지 않기 위해 내 몸의 상태를 봐가면서 조절했다. 몸이 지쳤을 때는 몸을 달래주는 것이 필요했다. 그래서 컨디션이 별로 좋지 않은 날에는 30분만 걷고 집으로 돌아왔다. 너무 피곤한 날은 쉬기도 했다. 걸으면서 공부는 하지 않았다. 최대한 걷기에 집중하면서 뇌를 쉬어주려고 했다.

첫날은 걷고 난 후에 집에 돌아오자마자 침대에 뻗어버릴 정도로 피곤했다. 3일 정도 지나자 몸이 한결 가벼워지는 것 같았다. 무엇보다 공부할 때 집중이 잘됐다. 걷기 때문이었을까? 두 번째 병태생리학 시험도 무난히 통과할 수 있었다. 걷기를 시작한 이후 마음의 불안도 훨씬 줄어들었다는 것을 체감했다.

캐나다 웨스턴 대학교의 한 연구팀에서 20분 걷기의 효과에 대해 발표한 적이 있다. 대강 소개하자면 이런 내용이다. 걷기 운동은 카페인과 비슷한 수준의 기억 향상 효과가 있다는 것과 카페인을 끊었을 때 나타나는 금단증상도 운동으로 빨리 해소할 수 있다는 것이었다. 걷기 운동을 이제 막 시작한 나에게는 이 연구결과가 굉장히 흥미로웠다. 기억력 향상은 학습하는 데 큰 영향을 미친다. 걷기 운동을 꾸준히 하면, 집중력이 향상되어 공부가 잘된다는 과학적 근거가 있는 것이다.

얼마 전에 김경일 아주대 심리학과 교수가 쓴 칼럼을 읽었다. 이 글을 읽고 나는 걷기가 스트레스 완화에도 도움을 줄 수 있다는 사실을 알게 됐다.

사람이 걸으면 뇌에서 해마(Hippocampus)의 활동이 활발해지는데, 해마는 기존의 것에서 벗어난 새로운 생각을 하게 하는 기능과 관련이 있다. 이 해마는 편도체(Amygdala)라는 다른 뇌 부위에서 길항작용을 한다. 길항은 서로 반대되는 작용을 하는 것을 의미한다. 그래서 해마가 활발히 활동하면 편도체의 활동은 그만큼 약화되는 것이다. 편도체의 기능은 불안, 초조함과 같은 스트레스성 감정을 담당한다. 걷기를 통해 해마를 활성화하고 편도체를 둔화시킬 수 있는 것이다. 쉽게 말해, 걷기 운동은 마음에 긍정적 효과를 불러온다.

나 또한 걷기를 통해 시험에 대한 불안감을 다스리고, 시험을 잘 볼 수 있으리라는 긍정의 마음을 가질 수 있었다. 결국, 걷기를 하면 공부도 잘할 수 있고, 스트레스 해소에도 도움이 된다는 걸 몸소 경험했다.

- 달리기

소설가 무라카미 하루키는 매일 1시간씩 달리기를 30년간 했다고 한다. 달리면서 무슨 생각을 하느냐는 질문에 그는 이렇게 답했다.

"아무 생각도 안 해요."

그는 특별한 생각을 하지 않은 채 마음을 비우고 달렸다. 그렇게 길러진 강인한 체력과 집중력이 책을 집필할 때 큰 도움이 됐다고 한다. 나도 걷기를 하다가 운동량이 충분하지 않다고 느끼면 바로 뛰었다. 뛰는 곳은 다양했다. 내가 사는 세게드에는 티사(Tisza)강이 흘렀다. 티사강 주변을 뛰고 나면 상쾌해지고 정신이 맑아졌다.

하루키는 매일 아침 길 위를 달리면서 소설 쓰는 방법을 배웠다고 했다. 매일 달리기를 하고, 매일 글을 쓰면서 인내를 배우고 실력도 쌓았다는 말이다. 공부하는 학생도 달리기를 통해 많은 것을 얻을 수 있다. 첫째, 달리기를 하면 체력이 좋아진다. 둘째, 집중력도 향상된다. 셋째, 유학 생활을 하면서 힘들었던 마음도 달랠 수 있다.

날씨가 좋으면 밖에서 뛰었지만, 날씨가 좋지 않을 때는 헬스장을 이용했다. 밖에서 뛰는 것보다는 덜 상쾌해도 뛰지 않는 것보다는 좋았다. 하루키처럼 매일은 못해도 주 4~5회는 달리려고 노력했다. 시간은 15~30분 정도로, 뛰다가 너무 힘들면 걷기도 했다. 뛰고 나서 공부를 하면 2시간 이상도 초집중하여 공부할 수 있었다.

달리기를 하면 기억과 관련된 뇌 부위에 수십만 개의 새로운 뇌세포가 생겨난다고 한다. 뇌세포가 증가한다는 것은 기억력이 개선된다는 이야기이다. 달리기를 하면 뇌는 보통 상태보다 활발해진다. 뇌에 산소공급을 더 많이 하게 되면서 의식도 뚜렷해지고, 기분도 좋아진다. 따라서 공부를 잘하려면 운동은 기본이다.

거창한 운동이 아니라 걷기와 달리기만으로도 충분히 좋아질 수 있다. 몸을 움직여 뇌를 활성화하는 것이다. 체력이 좋지 않아서, 머리가 나빠서 공부를 할 수 없다고 불평하지 말자. 하루 종일 앉아만 있지 말고 움직이자.

움직이면,
건강한 체력과 맑은 정신이 내 것이 된다.

적재적소에 활용 가능!
영양관리법

약화학(Pharmaceutical chemistry)은 의약품을 생물학적, 의학적 및 약과학적 측면을 포함하는 화학적 기반에서 접근하는 학문이다. 주로 약품의 화학구조와 약물의 적용기전, 특징, 대사 등의 물질적·화학적 성질을 공부한다. 보통 한 번의 강의에서 5~10개 정도의 의약품에 대해 배우는데, 이날은 교수님께서 '글루탐산(Glutamic acid)'에 대해 알려주셨다. 강의를 들으면서 가장 기억에 남았던 부분은 글루탐산의 효능이었다.

글루탐산은 기억력과 집중력을 향상시키고, 면역시스템에 활력을 불어넣는다. 전립선 건강에 도움을 주고 해독 기능이 있으며 소화기 건강에도 유용하다. 많은 효능 중에서 나는 기억력, 집중력에 유용하다는 사실에 관심을 갖게 되었다. 내가 아는 글루탐산은 단백질을 구성하는 아미노산의 일종이며 조미료에도 사용된다는 정도였다. 수업을 듣자마자 나는 로스만(Rossmann)으로 달려갔다. 로스만은 독일계 체인 드럭스토어인데 생활용품, 화장품, 영양제, 일반 의약품 등 없는 게 없다. 우리나라의 올리브영과 같은 곳이다.

교수님은 글루탐산에 대해 큰 부작용은 없지만 불면증 정도는 나타날 수 있다고 하셨다. 불면증이 있으면 공부를 더 열심히 할 수 있지 않냐며 농담하셨다. 집중력을 높이려 글루탐산을 복용해봤는데, 내 몸에는 안 맞았나 보다. 3일 정도 복용하고 더는 복용할 수 없었다.

잠도 거의 못 자고 무엇보다 위장 기능에 문제가 생겼다. 소화도 안 되고, 속도 더부룩하고, 메스꺼웠다. 몸 상태가 좋지 않으니 공부도 할 수 없었다. 그 이후부터는 몸에 부담도 덜 가고, 부작용이 거의 없는 영양제를 찾아보기로 했다.

● 비타민C

음식으로만은 하루 권장 비타민의 용량을 채울 수 없다는 강의를 듣고 비타민 섭취는 꼭 필요하다고 생각했다. 구매하기 쉽고 부작용이 적은 것을 기준으로 처음에 선택한 건 비타민C였다. 드럭스토어에 가면 다양하게 골라볼 수 있다. 나는 먹기 쉽고, 구하기 쉬운 발포형 비타민C를 복용하기 시작했다. 물에 타서 주스처럼 마시기만 하면 됐다.

미국의 쿠발라 박사와 카츠 박사 연구팀은 비타민C가 지능에 영향을 줄 수 있다는 흥미로운 사실을 발견했다. 혈중 비타민C가 높은 그룹이 아이큐가 높다는 사실을 토대로, 비타민C 섭취량이 증가하면 뇌 활동이 활발해진다는 것을 추론해냈다.

하루 비타민C 권장량은 200~400mg이다. 나는 때에 따라 하루에 1000mg~10g 이상의 비타민C를 섭취하는 메가도스 용법도 따랐다. 메가도스에 대해서는 전문가들의 의견이 분분하다. 비타민C는 각자 건강상태에 따라 적정량만 섭취해도 효과를 볼 수 있다.

● 유산균

뇌에 영향을 줄 수 있는 또 다른 영양제는 유산균이다. 『당신은 뇌를 고칠 수 있다』의 저자 톰 오브라이언은 "건강한 뇌는 장에서 시작한다"고 말했다. 체내의 세로토닌 호르몬 중 90%는 뇌가 아니라 장에서 분비되는데, 세로토닌은 학습능력을 높이고 우울증을 막아주는 중요한 호르몬이다. 따라서 장이 건강하면 뇌도 더불어 건강해진다는 의미로 해석할 수 있다.

나는 헝가리에서 생활하면서 유산균 음료 케피어(Kefir)를 자주 사 먹었다. 처음에는 단순히 사람들이 많이 구입하길래 나도 따라서 구매했는데, 일주일쯤 지났을 때 소화가 잘된다는 느낌을 받았다. 정말 효능이 있는 건지 궁금해서 케피어에 대해 인터넷 검색을 해보곤 놀라운 사실을 발견했다. 케피어는 슈퍼푸드로, 여러 가지 많은 효능이 있는 식품이었다. 소화와 장 건강뿐만 아니라 항암, 면역력 증진, 염증 억제, 성인병 예방 등의 효과가 있었다.

케피어에서는 새콤한 맛이 느껴진다. 나는 케피어를 마시면서 스트레스 또한 완화되는 느낌을 받았다. 장이 세척되면서 몸속의 독소가 빠지는 것 같았다. 이로 인해 뇌도 건강해지는 것 아닐까?

실제로 케피어 관련 연구결과에도 비슷한 주장이 있다. 한 역학 연구결과에서는 장내 미생물이 많은가, 적은가가 우울증이나 불안 같은 정신질환과도 관련이 있다고 했다. 결국 위장을 튼튼하게 하는 것이 두뇌 건강에 도움을 줄 수 있는 것이다. 장 건강을 챙기면서 뇌 건강도 챙기는 일석이조인 셈이다.

- **고함량 비타민B**

 학습효과에 영향을 줄 수 있는 영양제 중 고함량 비타민B도 있다. 비타민B군은 활성 비타민이라고 알려져 있다. 활성 비타민의 효능은 육체 피로, 어깨결림, 눈 피로, 스트레스 완화, 면역력 강화, 뇌신경 기능 유지, 피부 및 모발 건강이 있다. 그래서 특히 스트레스가 많은 수험생들에게 필요한 비타민군이기도 하다. 뇌세포에 영양을 공급해주고 피로를 회복하는 데 도움을 주기 때문이다. 대부분의 제품은 하루 1알 섭취만으로도 꽤 효과를 볼 수 있다. 피곤함을 느낀다면 비타민B가 긍정적인 역할을 할 수 있다.

- **차(Tea)**

 나는 시험 기간에 유난히 차를 많이 마셨다. 원래 커피도 굉장히 좋아해서 하루 한두 잔 정도는 꼭 마셨다. 커피를 마시면 카페인 덕분에 단시간 집중은 굉장히 잘된다. 그러나 하루 8시간 이상 정도 공부할 때는 커피를 계속해서 마실 수는 없는 노릇이다. 카페인은 부작용이 있다. 카페인을 과다 섭취하면 위장장애, 두통, 신경과민, 가슴 두근거림, 불면증 등이 생길 수 있다.

 녹차에 함유된 테아닌(Theanine)은 카페인에 대한 길항작용을 한다는 것이 밝혀졌다. 카페인의 각성효과를 무마시켜서 수면을 방해하지 않는다. 나는 차를 많이 마시는 편이라, 헝가리에서도 홍차, 얼그레이, 녹차, 백차, 히비스커스, 페퍼민트, 카모마일 등 여러 종류의 차를 구해서 번갈아 마셨다. 이 중에서 공부하면서 집중력이 필요할 때 효과를 봤던 차는 녹차였다. 녹차에도 카페인이 함유돼 있긴 하다. 하지만 커피보다 훨씬 적은 카페인이 들어 있다. 앞서 말한 테아닌은 아미노산으로, 긴장을 완화하고 집중력 향상에 도움을 준다.

가톨릭의대 김경수 박사의 말에 따르면, 테아닌은 별다른 부작용 없이 뇌 안의 알파파를 유의하게 증가시킨다고 한다. 알파파는 집중력 향상과 스트레스 완화, 숙면에 영향을 준다. 녹차를 마시면 알파파가 증가하여 마음도 편안해지고, 집중력과 암기력이 향상한다는 것이다.

또한, 테아닌이 신경세포에 작용하는 도파민이나 세로토닌과 같은, 신경전달 물질에 영향을 준다는 연구결과도 있다. 이런 신경전달 물질들이 학습능력 증진과 진정효과에 관여하는 것이다.

사람들을 대상으로 한 실험도 있다. 녹차를 마신 사람과 일반 음료를 마신 사람을 비교했을 때, 녹차를 마신 사람의 뇌 속 후두정엽과 전두엽 피질 간 연결성이 증가했다는 것이다. 이는 기억력 향상에 도움이 될 뿐만 아니라 치매를 포함한 인지 장애를 치료하는 데에도 굉장히 유용하다. 이처럼 학습능력에 도움이 된다고 하니, 공부할 때 녹차를 마시면서 해보는 것이 어떨까?

매 끼니 영양소 있는 음식을 챙겨 먹기란 쉽지가 않다. 이럴 때는 영양제로 부족한 부분을 채울 수 있다. 공부를 할 때도 뇌의 신경세포 성장을 촉진하여 더 효율적인 공부를 할 수 있다.

먼저
숲을 봐라

"볼펜을 드는 것은 곧 야구 배트를 드는 것과 같아
펜을 드는 순간부터 승부가 시작된다."

『초간단 독서법』의 저자 사이토 다카시의 말이다. 내게는 이 말이 책을 읽을 때는 펜을 들고 전투적으로 읽어야 한다는 것으로 느껴졌다. 나는 원래 책에 밑줄을 잘 긋지 않았다. 메모할 것이 있으면 노트에 썼다. 그래서 내가 공부했던 교재는 매우 깨끗했다. 거의 새 책과 다름없었다. 그러나 단점이 있었다. 복습을 하려고 책을 다시 폈을 때도 새것 같다는 것이다. '내가 여기를 공부했었나?' 하는 생각도 들었다. 꽤 충격적이었다. 그다음부터는 책을 읽을 때 밑줄도 치고, 메모도 적었다. 책이나 교재에도 공부한 티를 엄청 내면서, 지저분하게 공부했다. 그랬더니 기억에도 더 남았다. 시험 볼 때 밑줄 그은 부분이 뚜렷하게 떠오르는 경험도 했다.

『SR 방식 생존력』의 저자 임성룡씨는 편안한 마음으로 물 흐르듯이 밑줄 치면서 10회독을 하는 학습방법을 알려주기도 했다. 여기서 핵심은 스트레스를 받지 않고 편안하게 한다는 것이었다. 나는 이 책에 나온 방법을 토대로 나만의 규칙을 만들었다. 5회독을 기준으로 연필, 노란색 형광펜, 파란펜, 빨간펜을 사용하면서 책을 읽어 나갔다.

먼저 처음 1회독은 연필로 밑줄 긋기를 하며 읽는다. 긴장을 내려놓고 키워드 중심으로 밑줄을 그으며 읽는다. 처음부터 외워야 한다는 마음은 버리고 읽는 것이다. 나는 정말 가볍게 읽었다.

2회독을 할 때는 노란색 형광펜을 들고 밑줄을 그으면서 읽었다. 연필로 밑줄 그은 부분이나 새로운 핵심어에 밑줄을 칠하기도 한다. 내가 주로 공부한 약학 과목에서는 주로 약의 성분을 암기해야 한다. 암기해야 할 중요 키워드에는 주황색 형광펜으로 밑줄을 치면서 읽는다.

그리고 3회독을 할 때는 파란색 볼펜 차례다. 이번에도 핵심어에 동그라미나 밑줄을 친다. 하지만 이때는 처음 1회독과 2회독과는 다른 점이 있다. 다른 점은 내가 읽으면서 요점정리를 하는 것이다. 내가 이해한 단어들로 축약하여 설명을 적는다. 나만의 언어로 설명을 적어놓는 것이다.

4회독을 할 때는 빨간펜을 사용한다. 이때는 밑줄을 쳐도 좋고, 별표를 해도 좋다. 교수님이 중요하다고 언급했던 부분이나 내가 봤을 때 시험에 나올 만한 것들을 체크해놓는 것이다. 나는 이전에 파란펜으로 요약해둔 부분에 주로 사용했다.

마지막으로 5회독을 할 때는 그동안 밑줄 쳐놓은 것들 중심으로 읽는다. 때에 따라서는 읽기과정을 5회 추가한다. 이러면 내가 외우고자 한 부분이 거의 암기된다.

약물구조를 외울 때는 방법이 달랐다. 약물구조는 복잡해서 눈으로만 봐서는 절대 외워지지 않는다. 그래서 나는 무조건 반복해서 쓰면서 암기했다. 또한, 포스트잇을 사용하여 집에서 내 동선마다 붙여놓았다. 책상 앞, 화장실, 주방, 거실 등 곳곳에다 붙였다. 언제든지 내가 볼 수 있게 말이다. 『혼자 공부법』을 쓴 송용섭 저자도 밑줄을 치면서 공부했다고 한다. 저자는 교과서를 무조건 세 번 이상 읽었는데, 교과서가 새까맣게 될 정도로 반복했다고 한다. 샤프나 볼펜으로 밑줄을 치고, 중요한 부분에만 동그라미나 별표를 쳤다. 밑줄 치면서 읽으면 놓치는 부분도 없고 집중도 잘된다고 설명한다.

나는 처음에 어디에다 밑줄을 그어야 할지 막연했다. 그러나 점점 밑줄을 그으면서 읽다 보니, 다음과 같은 생각을 하면서 읽게 된다는 것을 발견했다.

'중요한 핵심어가 무엇일까?'
'이 부분이 시험에 어떻게 출제될까?'
'내가 왜 밑줄을 그었을까?'

내가 읽는 책 대부분은 지식 습득을 위한 것이다. 밑줄을 그으면서 읽으면 암기해야 할 지식과 대화를 하듯이 된다. 질문을 하거나 소통을 한다. 즉 단순반복이 아닌 생각하고 이해하는 진짜 공부를 하는 것이다. 삼색볼펜 학습법을 주장하는 사이토 다카시도 밑줄을 그으면서 책을 보는 효과에 대해 이렇게 설명한다. 줄을 그으면서 읽다 보면 자연스럽게 문장을 읽는 데 열중하게 되고, 무엇보다 문장에 자신을 관련시키는 정도가 훨씬 강해진다. 손을 움직여 줄을 긋는 육체적 행위가 정신적 관계를 강화한다는 의미다. 눈으로 읽고 머리로 이해하는 것만으로는 도저히 불가능한, 강한 정신적 관계가 책과 자신과의 사이에서 생겨난다.

나는 이 방법으로 내가 암기하고자 하는 지식들을 자연스럽게 외울 수 있었다. 사실 3회독까지는 조금 수고스럽기는 하다. 그러나 5회독 때는 시간이 훨씬 줄어든다. 결국 밑줄을 긋고 반복하면서 읽는 방법이 효율성을 높여줬다. 5회독 읽기까지 했는데 외우지 못한 부분은 어떻게 해야 하나? 걱정할 것이 없다. 다시 편안하게 반복해서 읽으면 된다.

꼭 공부에만 이 방법이 통하는 건 아니다. 모든 책에 적용할 수 있다. 내가 정보와 지식을 얻을 수 있는 모든 책이면 다 된다. 영어책도 괜찮고 소설책도 괜찮다. 한 번 읽기로는 책의 내용을 온전히 기억할 수 없다. 반복해서 읽으면 그만큼 와닿는 것이 커진다.

백독백습을 한 세종대왕의 이야기도 유명하다. 세종대왕은 같은 책을 백 번 읽고 백 번 옮겨 적었다고 한다. 어떤 책이든지 '바를 정'자로 횟수를 표시하며, 철저히 백 번을 지켰다. 한 권의 책을 완벽히 자신의 것으로 만든 것이다.

중국의 학자 주자도 반복 읽기의 중요성을 언급했다. 마치 밥을 먹을 때 여러 번 씹어 먹어야 건강하듯, 책도 밥처럼 꼭꼭 씹어 먹듯이 읽어봐야 한다고 강조했다.

독일의 수학자이자 철학자인 러셀 라이프니츠 또한 책의 이치를 터득할 때까지 반복해서 읽었으며, 자신의 천재성을 반복의 결과물이라고 밝히기도 했다. 처음 읽을 때 잘 이해되지 않는 대목은 크게 신경 쓰지 않고 쭉 한 번 읽어본 뒤, 몇 번이고 반복해서 읽으며 그 뜻을 파악했다고 한다. 책에 구멍이 뚫릴 정도로 수차례 봤다고 하니 대단하다.

이처럼 우리가 잘 알고 있는 천재들도 반복 읽기를 즐겼다. 우리 뇌 속에는 신경세포 뉴런을 감싸고 있는 미엘린(Myelin)이라는 절연물질이 있다. 미엘린이 두꺼워질수록 뉴런은 빠르고 강하게 정보를 전달한다. 이 미엘린이 두꺼워지기 위해서는 정확히 같은 전기신호가 반복되면서 뉴런을 타고 흘러야 한다. 즉 반복 공부를 통해 미엘린을 한 겹, 한 겹 두껍게 만들어야 한다.

나만의 공부방법을 터득하기까지 시간이 걸렸다. 매일매일 시행착오를 거치며 공부를 하다 보면 저절로 나만의 공부전략이 생긴다. 그러니 완벽한 방법부터 찾기보다는 일단 공부를 시작하고, 서서히 자신만의 공부법을 만들어가면 된다.

중요한 핵심어가 무엇일까? 내가 왜 밑줄을 그었을까?
스스로 질문하고 답을 찾아가면서
서서히 자신만의 공부법을 만들어가면 된다.

손으로 쓰면
머리에 새겨진다

"Ju, 이 많은 내용을 어떻게 다 필기한 거야?"

2학년 1학기의 어느 날, 나의 약대 단짝 페리아가 내 노트를 보더니 깜짝 놀라 질문했다. 나는 갑자기 머쓱해졌다. 나에게 영어로 진행되는 수업시간은 힘들었다. 그래서 어떻게든 수업시간에 집중하기 위해 노력했다. 그중 하나가 필기를 열심히 하면서 수업을 듣는 것이었다. 정말 혼신의 힘을 다해서, 필사적으로 적었다. 필기하지 않고 강의를 듣기만 했을 때 수업 후에 아무것도 머릿속에 남지 않았던 경험 때문이었다.

그 이후부터는 수업시간에 교수님이 설명하시는 거의 모든 것을 받아 적었다. 어찌 보면 좀 무식한 방법이기도 했다. 그러나 나는 이렇게 무작정 필기를 하면서 세 가지 효과를 보았다.

첫째, 수업시간에 집중이 잘됐다. 둘째, 들으려고 애쓰다 보니 영어 듣기 실력도 좋아졌다. 셋째, 수업 후 복습을 할 때 필기한 것만 열심히 봐도 어느 정도 이해가 됐다. 내 노트에는 영어, 한국어, 심지어 한자도 있었고 깔끔한 편도 아니었다. 그래서 페리아가 보고 있다는 사실이 좀 부끄럽기도 했다.

아이카와 히데키의 책 『파란펜 공부법』에서도 듣고 본 것을 모두 옮겨 적은 노트는 재현성을 높인다고 말하고 있다. 나중에 노트를 보았을 때 그때의 장면을 떠올리게 해준다는 이야기다. 수업시간에 듣고 본 것을 모두 적은 노트가 기억의 도구가 되는 것이다.

내가 손으로 쓰면서 머리에 새긴 필기법은 다음과 같다.

● 필기도구는 무조건 편하고 필기감 좋은 것을 사용한다

나는 수업시간에 다양한 필기도구를 사용해봤다. 그중에서 가장 쓰기 편한 것은 얇은 펜과 샤프였다. 주로 0.3mm 정도 펜촉의 필기구를 사용했다. 샤프도 같은 두께를 사용했을 때 두꺼운 샤프심보다 훨씬 빠르게 받아 적을 수 있었다. 펜의 경우는 0.3mm 이하의 제품은 필기감이 빡빡하게 느껴질 수도 있다. 나는 펜은 0.3mm나 0.4mm를 썼다. 시중에 서점이나 문구점에 가면 정말 다양한 얇은 펜을 볼 수 있다. 구매하기 전에

직접 가서 써보고, 부드럽고 빨리 써지는 펜으로 고르면 된다.

● 나만의 언어를 사용해라

영어로 진행되는 수업시간이라고 해서 영어로만 필기하라는 법은 없다. 나는 영어 문장을 들어도 이해한 내용은 한글로 작성하는 것이 편했다. 심지어 영어를 그대로 한글로 필기한 적도 있다. 또한, 나만의 약어를 사용해서 선생님의 설명을 놓치지 않으려고 했다.

예를 들면, '많고 적다'를 필기를 할 때는 한자어 大, 小를 썼다. '증가한다, 감소한다'는 화살표 ↑, ↓를 사용해서 시간을 단축했다. '원인과 결과'를 나타내는 항목에서는 화살표 →를 사용했다. 결론 부분에는 그러므로를 뜻하는 ∴를 쓰고, '같다'는 =, '다르다'는 diff, '유사하다'는 물결무늬 ~를 썼다. 중요표시는 별표를 사용했다.

다만 필기를 빨리하다 보면 단어를 끝까지 쓰지 못하고 첫 글자만 쓰는 때도 있다. 영어 단어의 경우에는 뜻을 몰라 발음이 들리는 대로 받아 적은 적도 있다. 이럴 때는 될 수 있으면 수업이 끝난 직후나 그날 안으로 다시 정리해야 한다. 사전을 찾거나 친구들한테 물어보든 해서 제대로 된 단어를 적어둬야 한다. 그렇지 않으면 2~3일이 지나고 노트를 봤을 때 내가 무엇을 필기했는지 알 수가 없다.

● 필기노트는 한 권으로 충분하다

　나는 처음에는 과목별로 필기노트를 마련했다. 그러나 여러 권의 필기노트는 비효율적이었다. 4~5개나 되는 수업 때마다 일일이 다른 노트를 챙겨 다녀야 했기 때문이다. 그래서 과목별 필기노트를 없애고 한 권의 노트를 만들었다. 그러자 언제 어디서든 틈날 때마다 노트 한 권만 가지고 복습을 할 수 있어서 편했다.

　얼마 전 MBC 〈공부가 머니?〉라는 프로그램을 본 적이 있다. 거기서 한 전문가가 "남학생들이 대체로 필기를 잘 안 한다"면서 '코넬식 노트 필기법'에 대해 소개해줬다. 미국의 코넬 대학교 교육학 교수 월터 파욱이 학생들의 학습능력을 향상하기 위해 고안한 필기법이다. 먼저 노트 한쪽을 4칸으로 나눈다. 맨 위의 칸은 제목이나 단원을 쓴다. 아래의 왼쪽 칸은 질문할 내용을 작성하며, 오른쪽 커다란 칸에는 자세한 내용을 정리한다. 맨 아래 칸은 배운 내용을 요약·정리하고, 자신의 생각을 메모한다. 노트의 형태는 다음과 같다.

제목 주제		
핵심단어, 질문사항	필기 내용(수업 중 자세한 내용)	

내용 요약정리 및 나의 생각 쓰기

　이것을 보면서 내가 약대에서 공부를 할 때 어떤 식으로 필기를 했었는지 돌이켜봤다. 당시에는 '코넬식 노트 필기법'은 몰랐지만, 내가 했던 필기 방식이 그것과 유사했다는 걸 깨달았다.

　우선 수업시간에 교수님의 설명을 필기 내용 칸에다 작성한다. 필기하면서 궁금한 사항은 왼쪽 질문사항 칸에 적는다. 그리고 그것을 수업이 끝난 후나 쉬는 시간에 교수님께 질문한다. 복습을 할 때는 내용 요약을 간략히 하고, 거기에 내 생각을 함께 쓴다. 왼쪽에 핵심단어를 써놓으면 복습하기가 편했다. 시간이 많지 않을 때는 핵심단어와 내용 요약·정리, 나의 생각만 훑어봐도 큰 도움이 된다.

공부는 눈으로만 하는 것이 아니다. 내 경험으로는 손으로 교수님의 설명을 받아 적고, 내 생각을 메모했을 때 가장 큰 효과를 거두었다. 손으로 쓰면서 뇌에 넣는 작업을 계속 반복하면, 나중에 복습에도 시간이 절약되고 뇌에도 빨리 새겨진다.

컨닝페이퍼가
공부에 도움된다고?

　EBS〈60분 부모〉에서 이병훈 강사가 이야기한 공부법의 요점은 '컨닝페이퍼를 만드는 심정으로 한 장의 종이에 모든 것을 정리하라'는 것이었다. 이병훈 강사는 실제로 하위권 학생들에게 범위를 정해주고 컨닝페이퍼를 만들어보라고 했는데, 3일쯤 반복했을 때 한 학생이 달려와 이렇게 외쳤다고 한다.

　"선생님, 공부가 돼요!"

　컨닝페이퍼는 사실 요긴한 요약집이다. 종이도 한 장으로 한정돼 있어서 핵심만 적게 된다. 저절로 핵심어를 찾는 능력이 길러지는 것이다.

　프로그램을 시청하면서 나는 정말 동감했다. 내가 4학년 때 수강했던 병태생리학(Pathological physiology) 과목을 공부하면서 비슷한 경험을 했다. 이 과목은 의대 관련 과목이라 범위도 대단히 넓어서 제일 힘든 과목이었다. 게다가 교수님은 매주 쪽지시험을 냈다. 나중에 되돌아봤을 때는 좋은 의도였지만, 항상 큰 스트레스였다. 매주 쪽지시험을 보면서 평소에 미리 공부를 해둔 셈이니 그나마 파이널 시험이 덜 힘들긴 했다.

사실 이렇게 평소에 공부했어도, 첫 번째 기회에서 한 번씩 fail을 경험한 무자비한 과목이었다.

쪽지시험 문제는 굉장히 간단했다. 교수님이 중요한 핵심단어를 문제로 내면, 우리는 서술로 답안을 작성해야 했다. 예를 들어, '염증반응(Inflammation)에 대해 설명하시오.' 이 한 줄이 시험 문제였다. 하지만 문제가 한 줄이라고 답도 한 줄일 수는 없었다. 답안은 최소한 A4용지 반 장 정도를 채워야만 했다.

그래서 나는 복습을 할 때 쪽지시험 형식에 맞게 공부를 해야겠다고 생각했다. 내가 가장 먼저 한 일은 핵심단어, 즉 키워드를 찾아서 A4용지 한 장으로 정리한 것이었다. 시험에 나올 만한 중요한 단어 위주로 작성했는데, 따지고 보면 컨닝페이퍼를 만든다는 심정으로 공부한 것이었다.

처음에는 키워드를 찾아서 손으로 적는 것만 해도 시간이 꽤 걸렸다. '이 방법이 맞나?' 계속해서 나 자신에게 물어보았다. 핵심어 정리만 하다가 정작 외우는 시간이 부족할까봐 걱정스러웠다. 그러던 어느 날, 그러한 불안이 해소되는 일이 있었다. 수업 4주 차, 네 번째 쪽지시험을 봤을 때였다. 그날 따라 교수님은 다른 때와 달리, 쪽지시험에 관한 리뷰를 꽤 길게 해 주셨다.

"여러분, 제가 매주 쪽지시험을 보는 이유는 무엇보다 여러분이 평소에 공부했으면 하기 때문이에요. 여러분이 학기 말에 보게 될 파이널 시험은 쪽지시험에 나오는 형식과 유사해요. 학생들이 매년 병태생리학 과목을 힘들어하고, 이 과목 때문에 유급하는 경우가 많아서 쪽지시험 제도를 올해 처음으로 도입했어요. 그런데 내가 원하는 방향으로 진행되지 않고 있어요. 이를테면 답안을 작성할 때 중요한 사항은 될 수 있는 대로 빼놓지 않되, 전체적으로 개념을 설명해야 해요. 대부분은 개념에 대한 내용도 빈약하고, 중요한 흐름도 놓치고 있어요.

자, 여기 보면 Lee(헝가리 교수님들은 대부분 나를 성씨로 부르셨다)의 쪽지시험 답안지는 완벽하지는 않지만 내가 원하는 방향으로 잘 작성하고 있어요. 전체 개념과 중요한 사항을 모두 적었어요. Lee는 지금 하던 대로만 하면 되는데, 양을 조금만 더 늘린다면 파이널 시험에서 좋은 성적을 낼 수 있을 거예요."

나는 정말 깜짝 놀랐다. 예상치 못한 칭찬이었다. 어안이 벙
벙하면서도 기쁘기도 했다. 내가 공부한 방식은 특별한 게 없
었다. 중요한 키워드를 정리해서 외운 것뿐이었다. 쉬는 시간
에 페리아는 어떻게 요점정리를 했는지 방법을 알려달라고
했다. 나는 당황스러워서 페리아에게 횡설수설 설명했던 것
같다.

"나는 내가 생각했을 때 중요하다고 여겨지는 키워드 중심
으로 먼저 요약한 다음, 그걸 그냥 외웠어. 교수님이 왜 나를
칭찬하셨는지 모르겠네."

집에 돌아가 생각해보니, 핵심단어를 먼저 정리한 공부법이
결코 시간 낭비가 아니었다. 내가 컨닝페이퍼를 만들듯 한 장
으로 요약·정리한 공부법은 다음과 같다.

● 먼저 5회독을 한다

처음부터 무작정 핵심어를 뽑아낼 수는 없다. 어떤 것이 중
요하고, 중요하지 않은지를 추리려면 여러 번 읽기를 통해 전
체적인 흐름을 알아야 한다. 5회독을 하고 나면 반복적으로 밑
줄 친 부분이 있다. 그 부분은 고민할 필요도 없이 무조건 중요
하다고 보면 된다. 핵심어로 바로 작성한다.

- 교수님이 중요하다고 하는 것에 주목한다

수업시간에 잘 듣는 것은 무엇보다 중요하다. 교수님이 직접적으로 중요하다고 말하거나 여러 번 반복해서 언급하는 부분은 따로 표시해둔다. 그리고 반드시 핵심어로 기록한다. 수업시간에 필기한 노트도 활용한다. 핵심어를 기록할 때도 다양한 색깔의 펜을 사용한다. 파란색, 빨간색으로는 중요한 것을 적고, 형광펜으로는 내가 외우지 못한 것을 표시하면 좋다.

- 어디든 들고 다니면서 암기한다

컨닝페이퍼를 작성할 때 나는 노트에 하지 않았다. 컨닝페이퍼는 휴대하기 편해야 한다. 그래서 노트보다는 A4용지에 작성하는 것을 추천한다. A4용지를 반으로 접고 글씨는 작게 쓴다. 그러나 빽빽하지 않도록 한다. 글씨만 잔뜩 썼더니 한눈에 보기가 어려웠다. 띄어쓰기도 충분히 했다. 가독성에도 신경을 써야 한다.

『페이퍼 학습법』을 책으로 펴낸 저자 여선구도 비슷한 설명을 했다. 저자는 B4사이즈 백지에다 공부한 내용이 한눈에 들어오도록 정리한 다음, 그것을 반복하여 공부하는 것을 권했다. 나도 이처럼 했을 때 굉장한 효과가 있었다.

"공부할 때 속도가 가장 중요하다고 생각해서 진도를 빨리 나가고, 책을 몇 번이나 뗐다고 자랑하는 친구들이 있습니다. 그러나 결국 기억나는 것은 많지 않죠. 속도는 조금 느리더라도 한 번 공부한 내용을 잊어버리지 않는 것이 중요합니다."

나는 그의 말에 크게 동의한다. 나도 처음 공부할 때는 속도가 느려서 걱정했다. 페이퍼를 작성하느라 시간을 낭비하고 손만 아픈 것 같았다. 머리에는 하나도 남지 않는다는 느낌이 들었다.

그러나 중요한 핵심 키워드는 눈으로 한 번만 읽어서는 외워지지 않는다. 손으로 쓰고, 입으로도 중얼거리고, 반복해서 봐야 외워지는 것이다. 속도는 좀 느리더라도 첫 번에 중요한 핵심어를 잘 작성해놓으면 두고두고 도움이 된다.

입으로 공부하면
더 잘 외워진다

헝가리 약대 생활에서 가장 적응하기 어려웠던 것은 시험 방식이었다. 내가 한국에서 대학을 다녔을 때는 필기시험이 차지하는 비율이 90%였다. 간혹 교양 몇 과목만이 발표로 시험을 대신했었다. 전공과목은 100% 필기시험 위주였으며, 4학년 때 하는 논문 발표만 내가 경험한 구술시험의 전부였다.

그러나 헝가리에서는 이와 정반대였다. 구술시험이 80% 비중이고, 소수 몇 과목만 필기시험으로 대체 가능했다. 중요한 전공과목에서 구술시험은 필수였다. 시험 전에 과목별로 중요한 토픽들이 주어지는데, 그 수가 적게는 20개, 많게는 100개가 넘어간다. 시험 볼 때 토픽에 대해 조리 있게 잘 설명하려면, 키워드 위주로 말하면서 공부하는 습관이 중요했다.

1학년 1학기 때 가장 중요한 과목이었던 일반화학(General chemistry) 과목을 구술시험으로 치렀다. 성적은 2를 받고 간신히 통과했다. 성적등급은 1은 fail, 2는 pass, 3은 satisfactory, 4는 good, 5는 excellent로 나뉜다. 나는 최소한 3 이상은 받을 줄 알았다. 그러나 2를 받고는 한동안 우울함과 자괴감을 느꼈다. 왜냐하면, 나는 이미 한국에서 화학 전공으로 졸업한 전공자였고, 약대 편입 준비를 하면서도 계속 공부를 놓지 않고 있었기 때문이다. 그래서 나는 내가 화학을 꽤 잘한다고 생각하고 있었다. 나의 착각이었던 것이다.

시험은 마치 제비뽑기를 하듯 토픽을 3개 뽑은 뒤에 교수님 앞에서 영어로 설명해야 한다. 하지만 나는 단순히 몇몇 단어만 나열하고, 조리 있게 설명하지는 못했다. 교수님의 질문에 어설프게 대답하고 겨우 시험에 통과했다. 시험 직후에는 '아직 영어가 익숙하지 않아서 그럴 거야' 하며 스스로를 위로했다.

그러나 다른 과목의 구술시험을 하나둘씩 치러보면서 단순히 영어 문제만이 아니라는 것을 깨달았다. 원인을 찾다가 공부를 할 때 인풋에 비해 아웃풋이 제대로 이루어지지 않는다는 사실을 알게 됐다. '어떻게 하면 시험 스타일에 맞는 아웃풋을 잘할 수 있을까?' 하는 깊은 고민을 하다가 다음과 같이 공부방법을 달리 해보기로 한 것이다.

● 입으로 소리를 낸다

나는 공부를 할 때 눈으로만 읽지 않았다. 소리를 내어 읽으면서 밑줄을 그었다. 쓰면서 공부를 할 때도 중얼거리면서 했다. 도서관에서 공부할 때는 약간의 대화는 허용되는 공간에서 했다. 소리 내서 읽는 것에 대한 효과는 뇌과학자 가와시마 류타 교수의 '뇌의 활성화도' 연구에도 잘 나와 있다. 사람의 뇌 활성화 수치를 컴퓨터 게임을 할 때, 단순계산을 할 때, 음독할 때로 비교해 실험했을 때 글을 소리 내어 낭독할 때가 가장 높았다고 한다. 기억력은 20%까지 향상되는데, 입으로 소리를 냈을 때 귀로도 들을 수 있기 때문이라고 한다. 나도 묵독보다는 음독이 더 암기에 도움이 됐다.

캐나다 워털루 대학 심리학과 콜린 M. 맥레오드 교수는 이렇게 말했다.

"중요한 정보를 소리 내어 읽으며 해당 정보가 기억에 더 뚜렷이 각인되기 때문에 '생산 효과'가 더해진다. 소리 내어 읽지 않은 다른 정보와 구별되기 때문이다. 뭔가를 소리 내어 읽었다는 것을 기억하면서, 자신이 정확하게 기억하고 있다는 자신감을 가질 수도 있다."

고전 평론가 고미숙의 『호모큐라스』에서도 낭독의 중요성에 대해 이야기한다. 나는 여기서 낭독을 소설이나 에세이, 철학뿐만 아니라 수학이나 과학 분야에도 적용할 수 있다고 한 점이 흥미로웠다. 풀이과정을 이야기 형식으로 표현해보면, 수의 원리와 접속하는 짜릿한 느낌과 수학에 대한 친밀감을 느낄 수 있다고 한다. 생물학이나 물리학 분야의 원리나 법칙도 달달 외운 뒤 시험이 끝나면 폐기처분하는 것이 아니라 살아가면서 몸으로 깨우치고 감응해야 하는 이치들이다. 소리 내 읊조리고 이야기로 재현할 수 있다면 그야말로 온몸으로 느끼고 뼛속에 새기는 진정한 공부가 아닐까 싶다.

● 마치 선생님이 된 듯 설명한다

이 방법은 주로 복습과정에서 이루어졌다. 어느 정도 공부를 하고 암기가 됐을 무렵부터 설명하면서 공부했다. 칠판 대신 A4용지 4장을 창문에 붙여놓고, 두꺼운 사인펜이나 색연필로 선생님처럼 설명했다. 영어랑 한국어랑 섞어가면서 하기도 했다. 이 공부방법이 시험 때 정말 많은 도움이 됐다. 이때 설명해보면서 나름 정리한 내용을 시험에서 이야기하면, 2는 받았다.

여기에 교수님의 심도 있는 질문을 얼마나 잘 이해하고, 잘 대답하느냐에 따라 좀 더 높은 점수를 받을 수 있다. 모든 과목에서 높은 점수를 받는 것도 좋지만 아주 어려운 일이다. 우선 순위를 따져서 어떤 과목은 통과 수준으로 유지하고, 어떤 과목에는 더 집중하는 것도 나에겐 큰 전략이었다.

다른 사람을 가르치듯 공부를 하는 것에는 세 가지 효과가 있다. 『뇌에 맡기는 공부법』의 저자 이케다 요시히로의 말에 의하면 그 효과는 다음과 같다. 첫째, 지식의 기억을 '경험의 기억'으로 바꾸어 기억을 강화할 수 있다. 둘째, 지식을 추억처럼 간직할 수 있다. 뇌는 경험했던 것을 추억처럼 오랫동안 잊지 않는다는 점을 이용하는 것이다. 셋째, 내가 어느 부분을 아는지, 모르는지 정확히 확인할 수 있다. 무엇이든 설명을 하려면 내가 정확히 알지 않는 한 할 수가 없다. 내가 완벽히 이해해야만 상대방을 제대로 이해시킬 수 있다. 부족한 부분을 발견하면 내 것으로 만든 후 다시 해보면 된다.

얼마 전 유튜브에서 서울대 인문학부 학생의 공부법을 시청했다. 그 학생은 아무도 없는 방에서 가르치듯 설명하면서 수업 내용을 복습했다. 신기한 것은 교수님이 이해를 돕기 위해 든 예시까지 모조리 기억해내서 설명하는 것이었다. 그는 예전부터 이런 방식으로 공부를 해왔기 때문에 교수님의 몸짓,

제스처, 농담까지도 자연스럽게 기억하게 됐다고 한다.

"공부할 때 수업시간의 장면들을 연상하고, 교수님을 흉내 내서 설명하듯 하면 잘 외워지는 것 같아요."

사실 이 공부법을 쓰기 전에는 밤을 새서 공부를 해도 만족할 만한 성적을 얻지 못했는데, 공부법을 바꾸고 나서는 성적도 오르고 더 효율적으로 공부할 수 있었다고 한다.

예전에 EBS 다큐프라임 〈우리는 왜 대학에 가는가-말문을 터라〉에서 뉴욕 예시바 대학교 도서관의 풍경을 보여준 적이 있다. 이상한 것은 조용해야 할 도서관이 시끄럽다는 점이었다. 짝을 이루어 앉은 학생들이 큰 소리로 떠들고 있었다. 마치 논쟁하는 것처럼 보이기도 하는 그들에게 촬영 스태프가 다가가 물었다.

"지금 뭐 하고 있는 거예요?"

"탈무드를 공부하고 있어요."

"그래요? 공부하는 게 아니라 논쟁하는 것 같은데요?"

"그것도 맞아요. 두 사람이 짝을 이루어 논쟁하며 배우는, 하브루타라는 공부법입니다."

하브루타는 탈무드에서 '공부하는 파트너를 가지는 것'을 의미한다. 혼자서 공부하는 것보다 그 효과를 극대화할 수 있는 공부법이라고 우리에게도 알려져 있다. 유대인 학생들이 성공할 수 있었던 이유가 바로 이 하브루타 덕분이다. 말하는 공부법인 하브루타를 통해서 학생들은 자신의 생각을 말로 표현하는 법을 배운다. 그로써 사고력도 풍부해지고, 공부한 내용을 기억하는 데에도 도움이 된다.

나도 전에 혼자서 공부를 할 때는 온종일 앉아 있으면 된다고 생각했다. 하지만 나중에 보면 그렇게 공부한 내용은 금방 날아갔다. 말로 설명하려고 하면 말문이 막히거나 이상한 이야기를 하기도 했다. 입 공부법을 활용해보고는 이것이 진짜 공부라는 것을 깨달았다. 혼자가 어색하다면 친구랑 같이 해도 좋다. 여의치 않다면 가상의 인물을 정해놓고 설명을 해주는 식으로 해도 괜찮다. 다 좋으니 일단 입으로 공부해보자. 그러면 내가 공부한 내용이 조금 더 명확해지고, 완전히 이해되고, 기억되는 것을 느낄 수 있을 것이다.

반복은
전략적으로 하라

"약대에서는 3학년이 제일 어려워. 근데 나머지 약대 생활도 쉽지 않은 건 마찬가지야. 그래도 3학년만 지나가면 조금 수월해지는 것 같아."

내가 3학년 때 선배들이 해준 말이었다. 약대는 암기과목이 많고 공부의 양이 정말 많다. 특히나 앞에서도 말했던 공포의 약화학 과목은 정말 암기해야 할 부분이 끝도 없었다. 제각기 다른 약물의 구조를 외워야 하기 때문이었다. 아무리 열심히 외워도 다음 날이 되면 기억이 나지 않는 공포스러운 경험을 수도 없이 했다. 외웠는데, 공부했는데 기억이 나지 않다니…… 시간 낭비만 한 느낌이었다.

(Acetaminophen)

(Amlodipine)

해열 진통제로 널리 알려진 타이레놀의 약의 구조는 위와 같다. 타이레놀은 아세트아미노펜(Acetaminophen)이라는 성분이 함유돼 있는 일반 의약품이다. 그나마 아세트아미노펜의 구조는 쉬운 편이다. 고혈압과 협십증 치료제로 유명한 노바스크의 암로디핀(Amlodipine)의 구조는 외우는 데 정말 애를 먹었다. 이를 포함하여 쉬운 구조에서부터 어려운 구조까지 대략 200개 정도의 약 구조를 외워야 했다.

그런데 구조를 외우지 않고도 약화학 과목시험을 통과하는 방법이 있다고 선배들이 이야기한 것이다. 만약 내가 약물의 화학 구조적 특성과 합성과정을 능숙하게 설명할 줄 안다면 구조를 외우지 않고도 시험에 통과할 수 있다. 실질적으로 그러기는 쉽지 않았다. 왜냐하면, 기본적인 약물의 구조를 알지 못하고서는 화학 구조적 특성과 합성방법을 설명하기가 어려웠다. 나는 어떻게든 이 구조들을 다 외우고 시험에 통과해야만 했다. 하지만 나는 외워도 외워도 기억나지 않는 공부에 싫증이 나기 시작했다. 공부에 슬럼프가 찾아온 것이다.

그러나 공부가 힘들다고 자포자기해서는 안 된다. 그래서 어떻게 하면 암기를 효과적으로 할 수 있을지에 대해 계속 고민했다. 문득 고 3때 영어 과외 선생님이 알려주신 단어 암기법이 생각났다. 반복해서 외우는 것은 똑같은데 그 방법이 좀 특이했다. 누적해서 외우는 방식이었다.

하루에 영어 단어를 20개 외웠다면, 그다음 날에는 새로운 단어 20개만 외우는 게 아니라 전날 외운 단어까지 해서 40개를 외우는 것이었다. 그때 내가 암기했던 단어집은 〈우선순위 영단어〉였다. 이런 방식으로 한 달 정도를 매일 외웠더니 한 권의 책을 암기할 수 있었다. 기억에 잘 남아서 수능영어에 큰 도움이 됐다. 한 권을 끝냈다는 성취감도 들었다.

『서상훈의 자기주도학습 전략』이라는 책에서는 누적 복습을 공부한 내용을 완전히 자신의 것으로 만들기 위한 방법이라고 말했다. 슬럼프에 빠진 나는 그 어느 때보다 효과가 좋은 암기법이 필요했다. 내가 시도한 누적 학습법은 다음과 같다.

공부를 시작하기 전에 구체적으로 계획을 세워놓고 시작한다. 학습해야 할 분량이 총 어느 정도인지, 언제까지 공부를 끝낼 것인지를 미리 파악한다. 공부계획은 다음의 예시처럼 세운다. 그러면 공부할 때 우왕좌왕하지 않고 체계적으로 할 수 있다.

day 1 처음~p.15
day 2 처음~p.15, p.16~25
day 3 처음~p.15, p.16~25, p.26~35
day 4 처음~p.15, p.16~25, p.26~35, p.36~45
day 5 처음~p.15, p.16~25, p.26~35, p.36~45, p.46~55

이런 식으로 범위를 누적해서 공부를 하다가 6일 차부터는 다음과 같이 한다.

day 6 p.16~25, p.26~35, p.36~45, p.46~55, p.56~65
day 7 p.26~35, p.36~45, p.46~55, p.56~65, p.66~75
day 8 p.36~45, p.46~55, p.56~65, p.66~75, p.76~85
day 9 p.46~55, p.56~65, p.66~75, p.76~85, p.86~95
day10 p.56~65, p.66~75, p.76~85, p.86~95, p.96~105

- ● 5번 복습이 끝나면 넘어간다

누적 공부법은 처음에는 시간이 오래 걸릴 수 있다. 그러나 시간이 조금 걸리더라도 처음에는 꾸준히 해보자. 10일만 지나도 100쪽 정도 공부를 하게 되는 것이다. 과목에 따라서 5번 복습이 충분하지 않다면 7번 복습을 할 수도 있다. 5회 이상 반복하고 복습해야 단기기억에서 장기기억으로 넘어갈 수 있다. 최소한 5번은 복습을 한다고 마음을 먹고 시도하자.

- ● 체크리스트를 통해 확인하며 공부한다

계획을 잘 세웠어도 생각만큼 공부하지 못하는 날이 있을 수 있다. 그럴 때면 나만의 체크리스트를 작성하여 공부가 계획대로 척척 진행되고 있는지 확인한다. 만약 공부하지 못했더라도 좌절하지 말자. 다음 날 다시 시작하면 된다.

미국의 브라운 대학교 연구팀이 진행한 '반복학습의 기억고정 효과' 연구결과를 보면, 배운 걸 반복해서 학습할 때 다른 학습에 방해받지 않고 학습효과가 유지된다고 한다. 학습 직후의 불안정한 기억을 반복학습을 통해 고정시키는 것이다. 실제로 보통 복습을 했을 때보다 누적 복습을 했을 때 기억이 살아 있는 것을 경험했다.

하지만 때로는 공부할 내용을 세 번쯤 들여다보면 '다 아는 것 같은데 같은 내용을 또 공부해야 하나?'라는 생각이 든다. 그도 그럴 것이 뇌는 새로운 내용을 받아들이는 건 좋아하지만, 아는 것을 반복하는 것을 무척이나 싫어한다고 한다. 반복했을 때 거부반응을 보이는 것이다. 하지만 완벽하게 내 것으로 만들기 위해서는 귀찮고 하기 싫은 것을 참고 이겨내야 하는 법이다. 반복은 지루할 수 있다. 하지만 원하는 성과를 위해서는 이 말을 기억하자.

반복은 망각을 이긴다.

공부는 누적이다.
지식을 단단하게 만들어주는 것은 반복이다.

'알 것 같다'는 아는 것이 아니다.
오직 누적과 복습만이 확실히 아는 방법이라는 것을
기억하자.

중요한 공부는
새벽 시간을 활용하라

상쾌한 새벽이 되니
내 영혼 푸른 하늘처럼 맑아라.
온 세상에 밝은 해 비치자
어둠이 바위 골짜기로 사라지네.
천 개의 문과 만 개의 창이 비로소 열리고
넓은 천지가 활짝 펼쳐지누나.

최치원이 쓴 『새벽에 홀로 깨워』 중 「새벽」의 한 부분이다. 나도 어스름하고 고요한 새벽이 좋아서 아침 일찍 일어나서 공부했던 때가 있었다. 특히 시험 기간 때 많이 그랬다. 하지만 학년이 올라갈수록 실습도 많고, 수업도 늦게 끝났다. 수업이 끝나 집에 오면 배가 너무 고파서 허겁지겁 먹기 바빴다. 약 1시간 정도 휴식을 취하고 다시 공부를 시작하면 집중이 잘 되지 않았다. 배가 부르자 피곤이 몰려왔기 때문이다. 공부보다 한국드라마나 영화를 보기도 했다. 인터넷을 하느라 쓸데없이 늦게 자기도 했다. 그러니 아침에 겨우 일어나고 학교에 가서도 피곤함이 연장됐다.

3학년 때쯤 이런 나의 생활 습관이 문제라는 생각이 들었다. 공부도 안될뿐더러 시간만 낭비하는 것 같았다. 그래서 생활 방식을 바꾸기 시작했다. 집에 돌아와서 저녁을 먹고, 휴식을 취한 후, 더도 말고 덜도 말고 10~15분만 수업 내용을 복습했다. 그리고 최대한 일찍 잠자리에 들었다. 처음에는 늦게 자면서 일찍 일어나는 것을 시도했으나 체력적으로 불가능했다. 그래서 내가 바꾼 습관은 일찍 자고 일찍 일어나는 것이었다.

어떨 때는 9시 전에 잠이 든 적도 있다. 주로 10시 전에는 잠을 자려고 했다. 일찍 자고 새벽 3~4시에 일어나서 공부를 시작했다. 새벽에 일어나서 하는 공부는 집중이 잘됐다. 시험 전날에는 소파에서 잠을 청하며 가능한 한 일찍 일어나려고 애썼다. 아무래도 침대에서 자면 잠을 더 자고 싶을 것 같았다.

최근 읽은 책 할 웰로드의 『미라클 모닝』에서는 왜 새벽 기상을 해야 하는지에 대해 이야기한다. 이에 저자는 조웰 오스틴의 말 "삶은 매일 아침에 시작된다"를 인용했다. 보통은 밤 늦게까지 공부를 하거나 여가로 시간을 보내서 늦잠을 잔다. 그러면 아침에 시간에 쫓겨 허둥지둥하게 된다. 그러나 새벽에 일어나 공부를 하고 여유롭게 준비했을 때는, 하루의 시작과 마음가짐에 큰 차이가 있다.

> *"매일 어떻게 일어나고 어떻게 아침을 보내는지가*
> *성공의 등급에 엄청난 영향을 미친다."*

할 웰로드의 말처럼, 아침에 늦게 일어나면 집중력이 결여되고, 하루 종일 비생산적으로 보내게 된다. 반면에 아침에 일찍 일어나면 집중력 있고, 생산적이고, 성공적인 날들을 보내게 된다. 내가 새벽에 일어나서 공부했을 때도 내면에 활기와 의욕이 샘솟았다. 저녁보다 아침 혹은 이른 새벽이 공부하기에 최적의 시간이었다. 그럼 일찍 기상하려면 어떻게 해야 할까?

● 밤에 일찍 잠에 든다

일찍 일어나려면 일찌감치 잠을 자면 된다. 내가 대학교 1학년 때쯤 '아침형 인간'이 선풍적인 인기를 끌었다. 나는 그 당시에는 관심이 없었다가 2년 후에 시도해봤는데, 한 달 정도 해보고 포기했었다. 나는 아침형 생활이 맞지 않는다고 생각하고 단념을 했다.

밤 11시에 자고 새벽 5시에 일어나는 것을 시도해봤는데, 여러 개 설정해둔 알람 덕분에 5시에 일어나긴 했었다. 그리고 등록해둔 영어 학원으로 향했다. 학원 수업은 6시 20분에 시작해서 7시 10분에 끝났다. 어찌어찌 일어나 학원에는 갔는데, 내내 졸다가 수업이 끝날 무렵에 잠이 깨서 10분 정도만 수업을 듣곤 했었다.

나의 체력으로 6시간 수면은 부족했다. 좀처럼 적응이 되지 않아서 '나는 아침형 인간이 체질상 안 맞나봐'라고 생각했었다. 그런 내가 헝가리에서 약대에 다니면서 아침형 인간 되기에 성공한 것이다. 중요한 시험을 앞두고는 저녁 8~9시에 잠이 들어서 새벽 3~4시에 일어나는 것이 별로 힘들지 않았다. 시험 기간이 아닌 평소에도 가급적 10시 전에는 자려고 노력했다. 일찍 자니 일찍 일어나는 것이 수월했다. 당연한데 전에는 이 원리를 알지 못했다.

● 눈을 떴으면 바로 잠자리에서 일어난다

얼마 전에 1500만부 베스트셀러 작가인 로빈 샤르마의 『변화의 시작-5AM 클럽』을 재미있게 읽었다. 책에서 말하기를 일단 아침에 눈을 뜨면, 추론을 담당하는 전두피질이 왜 다시 잠을 자야 하는지 핑계를 만들어내기 전에 즉각 침대에서 빠져나오라고 말한다. 그렇게 즉시 움직이면 신경 가소성에 의해 '새벽 기상' 신경 회로가 뇌에 생성된다고 한다.

나도 새벽에 알람을 듣고 5분만 더 자야지, 하고 못 일어난 경험이 허다하다. 이때 침대에서 일어나서 기분 좋게 아침을 시작하자고 결정을 하면 그날은 성공적인 하루가 된다. 그러나 그냥 누워서 조금만 더 있다가 일어나야지 하면, 다시 일어날 수 없었다. 알람을 듣고 눈을 뜬 즉시, 이불을 박차고 벌떡 일어나자.

● 기상하자마자 쉽게 할 수 있는 습관을 만든다

나는 아침에 일어나자마자 화장실에 가서 세수했다. 찬물로 세수를 하면 잠이 깨고 정신이 번쩍 든다. 때로는 양치를 했다. 그러면 정신이 깨서 상쾌하게 책상에 앉을 수 있었다. 루틴의 습관은 본인에게 맞게 정하면 된다. 물 한 컵 마시기라든가 스트레칭 하기도 잠을 깨서 하는 의식적인 행동에 도움이 될 것이다. 너무 어려운 것만 피하면 된다. 나는 일어나자마자 밖으로 나가 달리기를 하는 것도 시도해봤는데 큰 효과를 보진 못

190

했다. 특히 겨울에 추운데 밖에 나가서 뛰어야 한다는 생각을 하니 눈뜨기가 싫었다.

● 새벽에 일어나는 것을 성공하면 자기보상의 시간을 갖는다

로빈 샤르마는 보상을 미리 정해둘 필요가 있다고 한다. 의지력을 연구하는 연구자들도 그것이 행동을 지속시키는 데 필수라고 말한다. 나는 새벽 기상을 하면, 낮에 초콜릿이나 쿠키를 간식으로 먹는 것을 허용했다. 또한, 내가 보고 싶은 영화나 드라마를 한 편씩 보기도 했다. 나의 보상은 그때그때 달랐다. 일어나기가 싫을 때는 '오늘은 나에게 무슨 보상을 줄까?' 하면서 억지로 보상을 떠올리며 일어난 적도 있었다. 어떤 것을 선택하든지 나에게 적절한 보상을 주면 된다.

나는 공부뿐만이 아니라 나의 무한한 잠재력을 깨우기 위해 할 수 있는 노력 중의 하나가 새벽 기상이라고 생각한다. 처음부터 기상 시간을 앞당기면 힘들 수 있다. 30분씩 시간을 앞당겨보면서 조금씩, 차근차근 그 위력을 경험해보는 것은 어떨까? 평소에 8시에 일어났다면, 일주일에 30분씩 시간을 조정하면 되는 것이다. 한 달 후엔 6시에 일어날 수 있다. 6시와 8시 기상은 차원이 다르다는 것을 직접 경험해보자.

Chapter 4

영알못
유학생의 운명을
바꿔놓은 필살기

기본 100문장은
무조건 외워라

내 동생은 어렸을 적부터 영어에 흥미가 있었고 또 잘했다. 대학교에서도 영어교육을 전공해서 영어 공부나 및 티칭법에 관심이 많았다. 어느 날 동생은 내게 영어 공부를 같이 해보자고 제안했다.

"언니, 내가 서점에서 우연히 〈50 English〉라는 영어교재를 발견했는데 너무 좋은 것 같아."

"그래? 어떻게 공부하는 책인데?"

"50문장을 죽어라 암기하래. 그런데 학습법이 좀 특이해. 영어 문장이랑 이야기와 그림을 매치해서 외우는 거야. 이걸 계속 반복해서 외운 문장이 입에 붙도록, 저절로 튀어나오게 하는 방법이야."

사실 영어도 암기가 기본이다. 동생 말대로라면 50문장만 외우면 된다니, 별로 어렵지 않을 것 같았다. 나는 동생의 제안을 수락했다. 책을 보다 보니 저자가 서울에서 직강을 한다는 사실도 알게 됐다. 아무래도 강의는 직접 듣는 것이 가장 좋을 것 같아서 수강해보기로 했다.

젊은 시절에 미국에서 유학 생활을 하고, 회사도 다닌 경험이 있는 선생님은 영어는 정말 쉬운데 우리나라 사람들이 너무 어렵게만 접근한다며 다음의 이야기를 들려줬다. 선생님이 미국에서 한국 사람을 대상으로 강의를 진행하는 중에 어느 날 한 학생이 상담을 요청했다고 한다. 학생의 고민은 1년 동안 미국에서 어학연수를 했는데도 영어가 하나도 늘지 않았다는 것이었다.

"선생님, 저 다음 주에 한국으로 돌아가요. 그동안 외국인 친구랑 어울리기보다 외로워서 한국인이랑 많이 어울리고 놀기만 했어요. 그랬더니 영어실력은 미국에 오기 전이랑 별반 차이가 없네요. 어떻게 해야 할까요? 부모님이 실망하실 텐데요. 너무 걱정돼요."

선생님은 웃으면서 학생에게 이렇게 조언해줬다고 한다.

"남은 일주일간 쉬운 문장 10개라도 외우고 한국에 가. 그리고 한국 지하철을 타면 영어로 안내방송이 나오는데 그것도 무조건 외우고. 그 정도만 계속 반복해서 영어로 말해도 부모님은 자네가 공부를 열심히 했다고 생각하실 거야."

나와 동생은 이 이야기를 듣고 한참 깔깔거렸다. 나도 그때 막연히 영어권 국가로 어학연수를 가면 영어실력이 많이 향상되지 않을까? 생각하고 있었다. 실제로 주변 친구들 너도나도 어학연수를 많이 다녀오는 시기이기도 했다. 그러나 선생님의 얘기를 듣고 생각이 바뀌었다. 나와 동생은 어학연수보다는 일단 한국에서 최대한 영어를 공부해보기로 다짐했다.

"한 달 동안 50문장을 큰 소리로, 순서대로 외워라."

선생님은 패턴이 되는 영어 문장 50개를 기초로 공부하는 방법을 알려줬다. 나와 동생은 기본 문장 50개와 회화 문장 50개, 총 100문장을 외우기로 계획을 세웠다. 문장도 길거나 어렵지 않았다. 쉬운 문장이지만 영어회화에 기초가 되는 문장들이었다. 우리가 영어 100문장을 외운 방법은 다음과 같다.

● 큰 소리로 암기한다

우리는 어떻게 하면 효율적으로 문장을 암기할 수 있을지를 고민했다. 처음에는 쓰면서 외울까 하다가 입으로 말하면서 외우기로 했다. 평범한 세 아이를 영어천재로 키워낸 아빠표 영어학습법에 관한 책『큰소리 영어학습법』이 있다.

책의 핵심내용은 '영어책의 일정 부분을 반복해서 7~15번, 큰소리로 하루에 1~2시간 읽는 것'이다. 저자는 "입으로 연습한 영어는 입근육이 기억하도록 훈련되어 말하거나 쓰는 것에 큰 도움이 된다"고 한다. 우리는 처음부터 암기를 한다기보다는 하루에 5문장씩 큰 소리로 계속 반복해서 읽었다. 처음에 나는 더듬더듬했는데, 입에 자꾸 붙으니 발음이 부드러워지면서 자연스럽게 문장을 말할 수 있었다.

〈50 English〉에는 기본 50문장을 '순서대로' 암기할 수 있도록 연상을 도와주는 그림과 이야기가 함께 있다. 이 문장과 이야기는 말하기가 습관으로 자리 잡도록 하는 데 많은 도움을 줬다. 연상기억으로 그림과 문장을 매치시켜 외우니 훨씬 기억하기 쉬웠다.

● 복습은 필수다

하루에 5문장을 암기하기로 목표를 세운 뒤로, 물론 하다 보니 빼먹는 날도 있었다. 머릿속에 잘 안 들어올 때는 2~3문장만 외운 적도 있었다. 하기 싫은 날은 이전에 외웠던 것만 다시 읽어보기도 했다. 복습은 무조건 한 셈이다. 이전에 암기한 것은 반드시 잊지 않도록 했다.

하인리히 슐리만은 자신의 자서전에 어학공부에 대한 지혜를 풀어놓았다.

"어학공부는 해석에만 매달리지 말고 끊임없이 되풀이해서 소리 내어 읽어야 한다. 그리고 나는 언제나 밤중에 깨어 있는 모든 시간을 이용해서 저녁에 읽은 내용을 다시 한 번 반복했다."

언어천재라고 불린 그도 반복을 통해서 언어를 익힌 것이다. 하다 보니 기억력도 점점 향상되어, 20쪽의 영어 문장쯤은 세 번의 깊은 통독을 거치면 막힘없이 외웠다고 한다.

● 파트너와 함께 공부한다

혼자 하는 암기는 금방 지친다. 그래서 나는 동생과 같이 영어 문장을 외웠다. 단순히 암기뿐 아니라 서로 시험을 보듯 하기도 했다. 가끔 내가 잘 못하고 동생이 더 잘할 때는 자극도 됐다. 때로는 잘 못 외운 사람이 커피나 과자를 사야 했다. 이런 내기 방식이 조금은 유치해도 공부를 장기간 할 수 있게 해준 원동력이 됐다.

하인리히 슐리만도 파트너를 활용했다고 한다. 그는 러시아어를 공부하면서 『텔레마크의 모험』러시아어 번역서를 암송했는데, 누군가 그의 낭독을 들어줄 상대가 있었으면 했다. 그래서 상대를 찾아서 매일 연습한 끝에, 6주 후에는 러시아로

편지를 쓸 수 있을 정도로 실력이 향상되었다고 한다.

영어를 공부할 때 어려운 문장보다는 기본적이고 쉬운 문장을 위주로 암기해보자. 간단하지만 쉬운 표현들은 영어회화에도 활용할 수 있다. 어려운 영어 말고, 쉽고 언제든지 써먹을 수 있는, 살아 있는 영어 공부를 하는 것이 어떨까? 입으로 차근차근 말하는 연습을 해보자. 혼자보다는 누군가와 같이하는 것도 좋은 방법이다. 그러면 어느새 입이 트여서 술술 말하는 자신을 발견하게 될 것이다.

문법은 어떻게
공부해야 할까?

　문법은 과연 공부해야 할까? 사람마다 의견이 다양하다. 어떤 사람은 영문법 공부가 필요 없다고 말한다. 반대로 매우 중요하다고 하는 사람도 있다. 영어 강사들조차도 영문법을 공부해야 하는지에 대해서는 의견이 분분하다. 얼마 전에 유튜브에서 이 주제를 다룬 영상을 시청했다. 거기서 강사는 '문법적 직관'이라는 것을 설명했다. 이는 문법 용어와 이론에 대해서는 설명을 하지 못해도, 말이 문법적으로 어색한지, 자연스러운지 느낄 수 있는 것을 뜻한다.

　예를 들면, 우리는 어렸을 때부터 한국어 문법이 저절로 내재화됐다. 하지만 문법에 관해 설명해보라고 하면 하지 못하는 사람들이 많다. 한국어를 문법에 맞게 말할 수 있는 이유는 한국어에 대한 문법적 직관이 있기 때문인 것이다. 강사의 말도 일리가 있었다. 그러나 내가 생각하기에 문법적 직관을 얻으려면 시간이 오래 걸린다. 더욱이 성인이 된 후에는 24시간 오로지 영어만 쓰고 생각해야 가능하다고 본다.

『유대인의 영어 공부법』의 저자 가토 나오시는 문법을 공부해야 한다는 의견이다. 저자는 성인이 영어를 습득하려면 영문법을 확실히 공부해둬야 한다고 말한다. 그래야 단기간에 실력이 올라가고 영어를 마스터할 수 있다는 것이다.

내 의견은 이렇다. 영어를 잘하기 위해서는 기본적인 영문법은 필수적으로 암기해야 한다. 어린아이나 영어권 국가에 거주한다면 이야기가 달라진다. 하지만 한국에서 영어 공부를 하는 성인이라면, 기본적인 영문법은 습득해야 한다. 영어에 노출되는 시간이 적을 수밖에 없기 때문이다. 영어권에 사는 사람들처럼 자연스럽게 문법을 체득하는 공부를 하기가 힘들다. 그래서 나는 다음과 같이 문법을 공부했다.

● 쉬운 영문법 공략하기

쉬운 수준의 영문법 책을 골라 문법의 용어를 먼저 익혀보자. 중학생 영어 정도 수준도 충분하다. 내가 선택한 책은 〈50

English 영문법)이었다. 이 책을 통해 30가지의 기본적인 영문법을 익힐 수 있다. 꼭 이 책으로 공부할 필요는 없다. 어렵지 않고 기초적인 영문법 책을 선택하여 문장으로 문법 공부를 시작하면 된다.

- 예문은 반드시 암기하기

영문법을 자연스럽게 활용하려면 예문을 암기하는 것이 좋다. 나는 어렵고 긴 문장이 아니라 간단한 문장 위주로 암기했다. 그래서 영문법 책을 선택할 때 쉬운 예문이 있는 책을 고르면 유용하다. 예를 들면 다음과 같다.

I hate to admit it, but it's true. I am a vegetarian.

위 문장은 '부정사(to+동사원형)'를 설명하기 위한 문장이다. 문장을 암기하면 자연스럽게 to 부정사가 무엇인지 알게 된다.

- 입으로 중얼거리기

영문법을 공부하면서도 입으로 하는 공부를 택했다. 친숙해지기 위해서였다. 『유대인의 영어 공부법』에서도 영문법 공부를 매일 습관화하려면, 몸을 움직이면서 소리를 내어 읽으라고 했다. 그러면 문법 패턴이 어느새 자기 것으로 받아들여진다고 한다.

• 서로에게 설명하기

선생님처럼 가르치면서 하는 공부는 영어 공부에서도 빛을 발휘했다. 나는 동생을 스터디 파트너로 정했다. 동생에게 설명하면서 내가 알고 있는 영문법 지식을 전달했다. 반대로 동생도 나에게 암기한 것을 설명해줬다. 가르치면서 공부를 하려면 무엇보다 내가 완벽히 알아야 했다. 다른 사람을 가르칠 수 있을 정도로 하겠다는 마음가짐으로 공부를 해야만, 집중도도 높고 기억에 잘 남았다.

• 문장의 5형식을 항상 염두에 두기

영어는 한국어와 달리 5형식을 기본으로 한다. 문장의 구조가 한국어와 아예 다르다. 그래서 나는 5형식을 완전히 머릿속에 넣고, 예문을 볼 때마다 '이 문장은 1형식이네, 저 문장은 4형식이네, 이것은 좀 복잡해 보이는데 3형식이 맞을까?' 생각해봤다. 심지어 집에 있는 아무 영어책을 펼쳐놓고 영어 문장을 밑줄 치면서 분석을 해보기도 했다. 형식의 분석은 영어구조를 이해하는 연습이 된다. 더불어 영어독해를 할 때도 유용했다. 문장해석이 쉬웠기 때문이다.

　『나는 오십에 영어를 시작했다』의 저자 정재환 교수는 30년
을 개그맨이자 MC로 살아왔다. 40세에 대학교에 입학해서 박
사과정까지 마친 후 50세에는 영어 공부를 시작했는데, 유창
하지는 않아도 영어 울렁증에서는 벗어나게 됐다고 한다. 정
재환 교수도 영문법부터 공부를 시작했다. 특히 영어 문장을
이해하기 위해서 문장의 5형식을 공부했다. 영어는 한국어와
달리 순서가 뒤집히면 이해할 수 없다. 한국어는 주어, 목적어
를 생략해도 알아들을 수 있지만 영어는 주어, 목적어가 빠지
면 말이 안 된다. 여기서도 5형식을 꼼꼼히 따져가며 지켜 나
가는 연습을 했다고 한다.

　나도 영문법을 공부하면서부터 원서 읽기가 수월해졌다. 영
문법은 단기간에 영어실력을 향상시켜 준다. 뼈대를 튼튼하게
만들어준다고 할까. 외국인 친구들과 영어로 대화하는 데 큰
무리가 없게 됐으며, 영어로 진행하는 수업을 따라가고 약학
공부를 마치는 데 큰 힘이 되었다.

　영어 공부를 할 때 영문법을 무시하지 말자. 또한, 영문법은
어려운 것을 공부할 필요가 없다. 쉬운 책부터 암기하고 공부
해보자. 기본적인 영문법 용어 30개와 예문을 입으로 중얼거

리면서 외우자. 다 외웠다면 영어 공부를 같이하는 친구에게 설명하듯 가르쳐보자. 마지막으로 문장의 5형식을 기억하며 영어 문장의 기본구조를 이해해보자. 이렇게 공부해보면 영문법은 더 이상 지루하고 어려운 것이 아니다. 영문법은 영어 공부의 가장 기본이 되는 바탕을 만드는 것이다. 단기간에 영어 실력을 올리고 싶다면 영문법은 필수다.

원서 읽기로
인풋 챙기기

영문법을 공부한 지 6개월 정도쯤 됐을 때였다. 나는 그간 공부를 했다는 기대에 부풀어 토익시험을 봤다. 그런데 점수가 충격적이었다. 내가 예상한 점수는 700점 후반~800점 초반 정도였다. 하지만 나의 실제 점수는 650점이었다. '어? 6개월이나 영어만 파고들었는데? 점수가 왜 이러지? 토익공부를 따로 하지 않고 회화랑 문법만 공부해서 그런가?' 물론 나는 토익시험 공부를 했던 것은 아니었다. 그래도 나름대로 영어 공부를 열심히 했는데 점수가 어느 정도는 나와야 하는 것 아닌가 하는 생각이 들었다. 무엇이 문제였을까?

나는 듣기 영역부터 차근차근 짚어봤다. 평소에 쉬운 영어 문장을 외웠기에 듣기 평가에서도 간단한 문장은 잘 들리고 이해도 바로 됐다. 그러나 문장이 조금만 길어지면 잘 들리지 않았고 해석하는 데 한참 걸려서 듣기와 독해 실력을 업그레이드할 필요가 있었다. 여러 가지 방법 중에서 영어 전문가들은 원서 읽기를 추천했다.

영어 원서 전문가 이수영 강사의 유튜브 강의를 시청한 적이 있다. 거기서 영어 듣기는 영어를 읽는 속도에 달려 있다고 했다.

"영어 듣기가 잘 안된다 하는 분들의 평균적인 영어 읽기 속도는 1분에 100단어 안팎입니다. 하지만 원어민은 1분에 150~180단어 속도로 이야기를 합니다."

그러고보니 나는 읽기 속도가 빠른 편은 아니었다. 읽기 속도를 향상하는 것이 도움이 될 것 같았다. 이수영 전문가는 읽기를 할 때 토익, 토플 같은 수험 영어 문제지보다 좋은 글을 많이 읽어야 한다고 주장했다.

『태어나서 처음 하는 진짜 영어 공부』의 이혜영 저자도 원서 읽기의 중요성을 이야기했다. 과거에 저자는 프랑스어 공부를 사전까지 통째로 외우고 죽어라 공부했는데도 불구하고 듣기 실력이 나아지지 않았다고 한다. 문법도 되고, 단어도 많이 알고, 해석도 문제없는데 도무지 들리지가 않았다고 한다. 그래서 한동안은 듣기를 포기하고 책을 읽기 시작했다고 한다. 프랑스 고전 문고판을 모조리 사다가 읽었는데, 어느 날 딸이 거실에서 보고 있던 프랑스 TV 방송 내용이 다 들리는 동시에 이해도 됐다고 한다. 갑자기 귀가 트였다는 것이다. 이유는 단한 가지, 책 읽기에 있었다. 원서를 읽으면서 프랑스어 독해 속도가 빨라졌고, 프랑스인이 평소 말하는 속도에 익숙해지면서 들리기 시작한 것이다.

이 외에도 대전에서 수천 권에 달하는 원서 읽기로 영어를 완전히 정복한 학생의 사례도 있다. 그는 초등학생 때 미국에서 1년을 거주한 경험이 있는데, 가기 전부터 꾸준히 영어책 읽기를 했다고 한다. 그리고 미국에 가서는 수준에 맞는 책들을 단계별로 높여가며 섭렵했다. 그랬더니 영어가 '방언처럼 터지는 빅뱅'이 왔다는 것이다. 그럼 원서 읽기는 어떻게 시작하는 것이 좋을까?

● 쉽고 재미있는 원서 읽기

원서를 많이 읽으려면 재미있는 책을 선택해야 한다. 나는 처음에 무조건 얇다고 집에 있는 『어린 왕자』를 꺼내 들어 읽기 시작했다. 그러나 생각보다 내용이 쉽지 않았다. 모르는 단어도 많았다. 처음에는 일일이 단어를 찾아보면서 읽었는데, 하다 보니 지쳐서 끝까지 다 읽지 못했다. 쉽고 재미있는 책을 찾다가 발견한 책은, 시드니 셸던의 소설이었다. 도서관에 있는 시드니 셸던의 작품들을 다 읽기로 마음먹고 한 권씩 읽어 나갔다.

최근에 『영어는 못 하지만 영어원서는 읽고 싶어』의 저자는 영어 울렁증을 극복하려면 많은 양의 인풋이 있어야 한다고 했다. 인풋 양을 늘리려면 재미있게, 지치지 않게 해야 한다며 그 방법의 하나로 원서 읽기를 제시했다. 나도 그의 생각에 동의한다. 시드니 셸던의 책은 내용이 흥미진진했기에 끝까지 읽어 나갈 수 있었다. 재미를 통해 영어의 부담감을 없애고, 지속해서 영어 공부를 할 수 있는 원동력이 됐다.

● 단어 찾기보다 스토리가 우선

내가 처음 시드니 셸던의 소설을 읽을 적에는, 단어를 완벽히 알지는 못해도 어느 정도 스토리 흐름은 이해할 수 있었다. 그래도 처음 몇 권은 읽기가 힘들었다. 세 권쯤 읽었을 때 읽기에 속도가 붙기 시작했다. 나는 원서들을 읽을 때 단어들을 찾으면서 읽기보다 줄거리 파악을 먼저 했다. 책의 모든 내용, 단어, 숙어를 알아야 한다는 마음을 버렸다. 단지 편안하게 영어 소설을 즐긴다는 생각으로 읽었다. 그렇게 30권쯤 읽었을 때 이전보다 독해 속도는 물론, 듣기 실력도 나아졌다는 것을 느낄 수 있었다.

● **반복해서 읽기**

원서를 처음 읽을 때는 전체적인 흐름을 본다는 생각으로
빠르게 읽어 나간다. 그 후에 다시 한 번 읽기 시작한다. 이때
는 모르는 단어를 찾으면서 읽어도 좋다. 나의 경우, 재독을 할
때는 포스트잇에다 찾은 단어를 기록해 책에다 붙여놨다.

● **다양한 방식 활용하기**

영어책을 읽다 보면 호흡이 긴 문장들이 있다. 무슨 말인지
이해하느라 읽고 또 읽다 보면 시간도 걸리고, 집중이 흐려진
다. 이럴 때는 눈으로만 책을 읽지 말고 입으로 중얼거리면서
낭독해보는 것도 좋다.『유대인의 영어 공부법』에서는 이럴 때
'손가락 음독법'을 추천하고 있다. 손가락 음독법이란 '손가락
으로 짚으며 읽고, 눈으로 보면서, 입으로 소리 내어' 읽는 방
법이다. 이러면 문장을 건너뛰거나 다시 반복해서 읽지 않을
수 있다. 읽기 속도도 자연스레 빨라진다. 소리 내어 읽기 때문
에 목소리가 머릿속에서 울려 집중력도 높아진다.

인풋을 늘리기 위해서는 쉽고 재미있는 원서 읽기부터 도전
해보자. 머릿속에 어느 정도 인풋이 있어야 영어도 잘 들린다.

원서를 읽을 때는 전체적인 흐름에 초점을 두고, 다독에 힘써 보자. 재미가 있으면 다독은 저절로 하게 된다. 책을 읽다가 집중이 안될 때는 손으로 짚으면서, 소리를 내면서 읽는 것을 시도해보자. 쉽지는 않겠지만 어려운 것도 아니다. 꾸준히 읽겠다는 마음가짐으로 원서 읽기에 도전해보자. 어느새 영어도 잘 들리고, 실력도 한층 업그레이드되는 걸 느낄 수 있을 것이다.

'보고, 듣고, 따라 하고'
인풋과 아웃풋 동시에 넓히기

　헝가리에서 지내면서 확실히 한국에 있을 때보다는 영어가 많이 늘었다. 환경에 의해 실력이 업그레이드된 것이었다. 나는 생존하기 위해서, 헝가리에서 버텨내기 위해서 영어를 해야만 했다. 헝가리에 온 지 3개월이 지났을 때였다.

　"내 생각에 네가 처음에 왔을 때보다 영어가 많이 늘은 것 같아. 특별히 무슨 노력을 했니?"

　안나가 내게 물었다.

　"그래? 나도 영어가 예전보다 조금은 편해졌다고 느끼긴 했어. 근데 내가 시도한 건 영어를 한국에서보다 많이 사용한 것 외에는 없는 것 같은데……."

　나는 영어실력이 향상된 이유에 대해 곰곰이 생각해봤다.

세게드 약대에는 나를 제외하고 한국인이 없었다. 그래서 평일에는 내가 특별히 한국 사람을 만나지 않는 한 한국어를 쓸 일이 없었다. 부모님과의 통화도 대부분 주말에 잠깐 하는 정도였다. 외부에 다른 한국인 학생과의 교류도 그렇게 많지 않았다. 세게드 전체에 한국인 학생이 많지도 않았기 때문이다.

그리고 학교 수업이 끝난 후에는 집에 와서 쉬면서도 영어 콘텐츠를 많이 접하려고 노력했다. 주로 영상을 많이 이용했다. 내가 영어 듣기 공부에 활용한 것들은 미국드라마, 테드(Ted) 강의, 학교 강의 녹음파일이었다. 영어를 24시간 사용하려고 노력한 것이 효과가 있었던 것이다.

〈그레이 아나토미(Grey's Anatomy)〉와 〈뱀파이어 다이어리(The Vampire Diaries)〉였다. 두 드라마의 공통점은 재미였다. 〈그레이 아나토미〉는 시애틀의 병원을 무대로 벌어지는 동료 간의 연애, 직업정신, 성장을 다룬 메디컬 휴먼드라마다. 내가 약학을 공부하고 있어서인지 의학용어들을 접하는 재미도 있었고, 인물들의 행동이나 가치관 등에서 문화적 차이를 발견하는 것도 흥미로웠다. 〈뱀파이어 다이어리〉는 스토리가 다소 선정적이었다. 그러나 자극적인 것이 땡긴다고, 이는 내가 드라마를 끝까지 본 이유가 됐다.

둘 다 영어 공부를 한다고 생각하기보다는 휴식으로 즐긴다고 생각하고 시청했다. 읽기가 어느 정도 돼서 자막을 틀어놓고 보면 스토리가 이해가 됐다. 물론 완벽한 이해는 아니었다. 전체적인 흐름을 아는 데 큰 문제는 없었다. 간혹 모르는 단어나 표현이 나오면, 멈추고 찾아보고 정리는 했다. 자막을 따라 읽기도 해봤다. 내가 마치 배우가 된 것처럼 자막을 따라 읽어보면 재미있었다.

『9등급 꼴찌, 1년 만에 통역사 된 비법』의 저자 장동완은 영화를 보면서 배우의 대사를 '즉시' 성대모사를 하듯 큰 소리로 따라 했다고 한다. 그는 배우의 억양, 속도, 느낌까지 그대로 따라 하려고 노력했는데, 수십 번이고 될 때까지 했다고 한다. 나도 드라마를 보면서 눈으로만 보는 게 아니라 입으로도 따라 해봤다. 반복해서 하다 보니 어느새 실생활에서 대화할 때 그 대사들을 활용하고 있었다. 자연스럽게 생활영어를 사용하게 된 것이다.

학과 공부를 할 때는 유튜브 동영상도 많이 참고했다. 그러다가 우연히 테드를 발견했다. 테드란 유명한 연사들의 삶의 철학이나 다양한 최신 지식들을 대중들에게 강연으로 제공하는 플랫폼이다. 영어자막뿐만 아니라 한국어자막도 제공된다는 점이 참 좋다. 유명한 연사의 강의를 무료로 듣고, 영어 공부를 할 수 있다니 일석이조다. 강연시간도 보통 18분 이내라서 적당하다. 만약 강의가 너무 길었다면, 시청하기가 쉽지 않았을 것이다.

당시에 가장 감명 깊었던 강연은 페이스북 최고 운영 책임자 셰릴 샌드버그의 〈왜 세상에는 여성 지도자들이 극소수인가(Why We Have Too Few Women Leaders)〉였다. 학생 신분으로, 졸업 후에는 취업을 고려하고 있는 나에게 그 강연은, 영어 공부뿐만 아니라 앞으로 내가 여성으로서 어떻게 사회생활을 하는 것이 좋을지 생각해보는 계기도 만들어줬다. 특히 이 말이 기억에 남는다.

"문제는, 세계 어느 곳에서도 여성들이 최고 자리로 올라가지 못한다는 것이다(The problem is, women are not making it to the top of any profession anywhere in the world)."

나는 이 문장을 온종일 입으로 따라 하고 중얼거렸다. 그랬더니 저절로 외워졌다. 몇 년이 지난 후에도 기억이 날 정도였다. 테드 강연 따라 하기는 정말 재미있었다. 문장도 별로 어렵지 않았다. 강의를 따라 하다 보면, 마치 내가 강연자가 된 느낌도 좋았다.

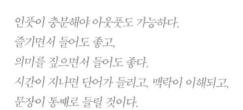

인풋이 충분해야 아웃풋도 가능하다.
즐기면서 들어도 좋고,
의미를 짚으면서 들어도 좋다.
시간이 지나면 단어가 들리고, 맥락이 이해되고,
문장이 통째로 들릴 것이다.

영어 전문가 차준용 원장도 여러 매체를 통해 온라인 영어 학습의 중요성을 언급했다. 최근 코로나19로 인해 누구든 오 프라인 강의를 듣기 힘든 실정이라 온라인으로 공부를 하는 사람들이 점점 증가하고 있다. 차준용 원장은 아카데믹한 영 어 공부를 원한다면 원서를 많이 읽고, 테드와 같은 강연으로 공부하는 것을 추천했다.

『듣기만 해도 머리가 좋아지는 책』의 저자 다나카 다키아키 는 속청을 통해 판단력과 이해력을 향상시켰다고 한다. 빠른 속도의 음성을 들으면 두뇌의 베르니케 중추를 자극해서 회전 이 빨라진다. 그는 이것을 이용해 4배속까지 빨리하여 들었다 고 한다.

약대에 입학한 후 영어로 진행되는 수업에 익숙지 않았던 나는 영어와 교수님의 발음에 익숙해지기 위해 강의 녹음파일 을 열심히 들었다.

처음엔 아주 느린 속도로 들으면서 귀에 익도록 하다가 조 금씩 속도를 올려 3배속으로 들었다. 영어에도 익숙해지고 공 부에도 효율적인 방법이었다. 4배속 속청까지는 어렵더라도 2배속~3배속 속청으로 시간도 절약하고 효과도 볼 수 있을 것이다.

영어실력은 단기간에 향상되지 않는다. 나는 굉장히 오랜 시간 영어에 대해 고민하고, 다양한 방법을 시도하고 노력했다. 그렇게 수많은 인풋이 있었을 때 어느 순간 영어가 잘 들리고 말문이 터졌다. 그렇게 되기까지 나는 최대한 영어를 많이 노출할 수 있는 환경을 만들었다. 학교와 집에서 공부할 때는 물론, 심지어 쉴 때도 영어를 들었다. 영어실력을 업그레이드하는 데는 꾸준함만이 지름길이다. 포기하지 않고 성실함으로, 매일 차근차근 하다 보면 나아지는 자신을 발견하게 될 것이다.

무엇을 말할 것인가?
콘텐츠도 중요하다

2010년 11월 23일, 군 당국에 따르면 북한은 23일 오후 2시
34분경부터 약 21분 동안 서해안 연평도에 수십 발의 포탄을
발사했다. 해병 2명이 숨지고 민간인 3명을 포함해 19명이 부
상을 당했으며, 가옥과 시설도 큰 피해를 당한 것으로 전해졌
다. 이에 따라 우리 군은 즉각 포를 발사한 북한의 진지에 K-9
자주포 80여 발을 발사하며 대응, 1시간가량 교전을 벌였다.

_연합뉴스

그날 나는 평소와 다름없이 학교에 갔다. 수업이 시작하기
전에 조금 일찍 도착하여 자리에 앉아 커피를 마시고 있었다.
그런데 갑자기 별로 친하지 않은 이란인 남학생이 나에게 와

서 말을 걸었다.

"Ju, 한국에 있는 너희 가족 괜찮니?"

"응, 별일 없어. 부모님이랑 동생 모두 잘 지내고 있어."

그렇게 대답해놓고 한편으로는 그 친구가 갑자기 왜 우리 가족의 안부를 물었을까 궁금하기도 했다. 대화 도중에 교수님이 오셔서 우리의 대화는 거기서 끊겼다. 그 친구와 나는 평소 대화가 거의 없는 사이라 내게 말을 건 이유가 뭔지 계속 궁금했다. 그러던 중 아침에 노트북으로 확인한 기사가 마음에 쓰였다. 언뜻 헤드라인만 봤을 때 '연평도 폭격? 북한의 도발?' 이런 문장이 적혀 있었다. 북한은 가끔 이렇게 문제를 일으키곤 했으니 그날도 별일이 아니겠지 싶었다.

수업이 끝난 뒤, 이번엔 페리아가 기사를 접했다며 가족의 안부를 물었다. 그날 정말 가는 곳마다 내가 한국인인 걸 아는 사람들이 안부를 물어봤다. 또 남한과 북한 사이에 어떤 일이 발생했는지 궁금해했다. 헝가리어 교수님도 굉장히 관심을 보이셨다. 나는 별일 아닌 것처럼 이야기했다. 한국에서는 이러한 북한의 도발이 빈번하다고 대답했다.

그리고 수업이 끝난 후 집에 오자마자 한국의 부모님에게 전화를 걸어 상황을 확인했다. 다행히 부모님에게는 문제가 없었다. 그러나 한국의 분위기가 좋지 않다는 것이었다. 부모님은 걱정하지 말라고, 아무 일 없을 거라고 오히려 나를 안심시켜 주셨다. 전화를 끊고 기사를 읽어보니 내가 처음에 생각했던 것보다 상황이 심각했다. 심지어 전쟁 이야기까지 나오고 있었다.

룸메이트 안나도 집에 오자마자 나에게 어떻게 된 상황인지 자세히 알려달라고 했다. 외국인들 중에서는 한국이라는 나라에 대해서 아무 관심도 없는 사람도 있다. 그러나 한국에 대해 조금이라도 아는 사람이라면 남한과 북한의 문제에 대해 흥미로워하고, 알고 싶어 했다. 우리는 저녁을 먹고, 차를 마시면서 이야기를 하기로 했다. 나 또한 외국에 있는 처지라 '연평도 포격 사건'에 대해 공부할 시간이 필요했다. 한국 뉴스와 영자 신문을 찾아보면서 안나에게 어떻게 설명하면 좋을지 고민했다. 그때 내가 콘텐츠를 영어로 말하기 위해 공부한 방법은 다음과 같다.

● 한국어 뉴스부터 읽어본다
기사를 처음부터 영어로 읽거나 듣는다면, 완벽한 이해가 어려울 수 있다. 영어로 기사를 접하기 전에 한국어로 배경지식을 쌓는다.

- 영자 신문, 영어 뉴스를 본다

한국어로 기사를 접한 다음 영문 기사를 검색한다. 구글에서 영어로 검색하는 방법도 있지만, 나는 주로 한국에서 발행한 영자 신문을 봤다. 영자 신문은 한국에서 발행된 것을 읽었다. 참고할 만한 영자 신문은 〈코리아헤럴드〉 〈코리아중앙데일리〉 〈코리아타임즈〉 등 굉장히 많다. 〈코리아중앙데일리〉는 영어학습 카테고리를 선택하면, 한국어 해설도 같이 볼 수 있다. 〈코리아헤럴드〉의 홈페이지에 접속하면 영문 기사 두 가지 정도를 30분 안에 해설해주는 팟캐스트도 있다. 정말 마음만 먹으면 큰 비용 없이 영어 공부를 할 수 있는 콘텐츠가 무궁무진하다.

나는 영자 신문이나 영어 뉴스를 읽을 때 기사를 소리 내어 읽어봤다. 이때 모르는 단어는 꼭 찾아봤다. 왜냐하면, 친구한테 설명하기 위해 기사를 읽었기 때문이다. 단어를 정확히 알아야만 친구에게 설명할 수 있었다. 일단은 기사를 읽고 어떤 사건이 일어난 것인지, 내가 이해하는 데 초점을 뒀다. 기사는 총 세 번 읽었다.

- 소리 내어 읽고 모르는 단어를 밑줄을 긋는다

단어를 찾아 뜻을 한국어로 써놓는다. 단어를 찾으면서 눈으로 읽고, 노트에 영어-한국어로 적는다. 모르는 단어의 뜻을 보면서 다시 한 번 읽는다.

● 영어 기사를 짧게 요약한다

안나에게 어떻게 말을 해야 할지 머릿속으로 고민해보다가 손으로 적어보았다. 친구에게 설명할 내용을 적는 것이어서 크게 부담은 없었다. 생각이 잘 나지 않으면 기사를 보면서 적어봤다. 그 밑에 나만의 생각도 덧붙이고, 안나가 질문할 것들도 미리 예상해봤다. 예를 들면, 연평도가 어디 있는지 궁금할 수도 있으니 지도를 찾아보기도 했다. 그렇게 나 또한 사전지식을 쌓은 뒤에 안나와 사건에 대한 심도 있는 대화를 나눴다.

『영자 신문을 활용한 영어학습법 ENIE』의 저자는 영자 신문 〈코리아헤럴드〉의 기자다. 그가 어떻게 영어 신문을 활용하여 영어를 공부했는지 궁금해서 그의 책을 읽어보았다. 그의 영어 공부 비결은 영어로 쓰인 '진짜 텍스트'를 매일 공부한 것이라고 한다. 즉 영어 사용자를 대상으로 한 신문, 잡지, 소설, 드라마, 영화, 라디오, 방송 뉴스 등이 가장 좋은 영어학습 재료라는 말이다.

내가 헝가리에서 공부하고 있을 때 반갑게도 한류열풍이 불었다. 매년 해가 지날수록 K-POP에 대한 관심이 높아졌다. 이제 갓 대학생이 된 외국인 친구들은 나보다 더 한국드라마나 영화에 대해 많이 알고 있었다. 나와 언어교환을 한 친구 벤쩨도 마찬가지였다. 전에 헝가리에서 유럽 최초로 〈대장금〉이 방영된 적이 있었는데, 벤쩨와 그의 엄마가 열렬한 팬이었다. 벤쩨의 엄마는 특히 주인공 역할을 한 이영애를 아주 좋아하셨다. 아무튼 그 덕분에 벤쩨의 한국인 친구인 나도 집에 초대받은 일이 있었다.

벤쩨의 집에 가기 전에 나는 〈대장금〉 관련 영어 기사를 한번 훑어보고 요약해보고 갔다. 나는 그 드라마를 본 적이 없어서 미리 공부한 것이다. 벤쩨의 엄마가 좋아하시는 이영애에 대해서도 미리 대화할 스토리를 준비해갔다. 어머니는 내가 해준 이야기를 굉장히 재미있어 하셨다. 심지어 내가 이영애를 닮았다고 하시기도 했다. 친구들에게 한국인을 만난다고 얘기했더니 다들 부러워했다며 아주 좋아하셨다.

사실 벤쩨가 나를 집에 초대할 적에 미리 한 가지 이야기를 해줬다. 엄마가 심장질환과 우울증을 앓고 계시는데, 네가 와준다면 좋아하실 거라는 것이었다. 벤쩨의 집에 왔을 때 처음에는 어머니 얼굴빛이 조금 어두워 보여서 조심스러웠다. 그러나 그런 걱정은 〈대장금〉 이야기가 시작되자마자 사라졌다.

어머니가 환하게 웃으시는 모습이 너무 보기 좋았다.

영어 말하기를 할 때 문법이나 단어는 두 번째 문제다. 가장 중요한 것은 대화를 풀어 나갈 소재, 콘텐츠다. 내가 외국인이랑 대화할 때 완벽한 영어를 구사한 건 아니다. 하지만 그것을 보완하기 위해 준비를 했다. 사람들이 흥미 있어 하는 소재에 대해 영어로 미리 사전지식을 습득한 것이다. 외국인 친구들과 대화를 하기 위해서는 최신 이슈에 대해서 영어로 알고 있어야 했다. 이처럼 미리 영어로 된 콘텐츠를 많이 접한다면 실제 회화에도 많이 응용할 수 있다.

가장 빨리 영작에
능숙해지는 요령

　세게드 약대를 졸업하기 위한 요건 중 하나는 논문 발표였다. '논문을 한글도 아니고 영어로 작성해야 한다니!' 나는 너무나 막막하고 어찌해야 할지 고민에 휩싸였다. 한국에서 영어 공부를 할 때 영작은 토플의 라이팅(Writing) 영역의 기본 수준 정도만 접해봤었다. 그때는 시험을 위한 영어 공부여서 주로 문장을 암기했다. 당시 내가 외운 문장으로 시험을 보는 데는 큰 지장이 없었다.

　그러나 논문을 작성할 때는 암기가 통하지 않는다. 내가 공부한 지식을 나만의 언어로 잘 풀어내야만 한다. 나는 낑낑대면서 서론 부문을 작성해갔다. 교수님께 제출하기가 겁이 났는데, 역시나 교수님은 혹평을 해주셨다.

"Lee, 논문은 아카데믹한 글쓰기를 해야 해요. 그러니 문법이랑 표현에 더 신경을 써서 다시 작성해주세요. Lee가 쓴 논문은 비문도 너무 많고 문장도 길어요. 정확한 영어 표현을 사용해서 학문적 글쓰기를 해야 돼요."

교수님의 비평을 듣자마자 나는 울고 싶어졌다. '나는 굉장히 고심해서 썼는데, 이렇게 쓰는 게 아니라고?' 나중에 차근차근 생각해보니, 교수님이 한 말이 충분히 이해가 갔다. 내가 쓴 글은 콩글리쉬도 많고, 문장도 이해하기 쉽지 않다는 얘기였다. 나는 영어로 글쓰기를 했다기보다 대화하듯이 논문을 작성했다. 글이 전혀 세련되지 않았다.

미국의 정치가이자 작가 벤자민 프랭클린은 글쓰기 실력을 높이기 위해 다른 사람의 글을 따라 썼다. 음악가 바흐도 악보를 베끼면서 작곡을 공부했다. 베껴 쓰기는 특히 언어를 공부할 때 큰 도움이 된다. 『원서 잡아 먹는 영작문』을 쓴 최용섭 저자도 한글과 영어의 차이를 스스로 체득하기 좋다면서 '베껴 쓰기'를 권했다. 비원어민 학습자는 한글로 생각하고 영어로 표현한다. 베껴 쓰기는 한글과 다른 영어의 품사, 문장구조, 표현, 특징을 익힐 수 있다.

또한, 영어만 베껴 쓰기보다는 한글도 같이 쓰는 게 훨씬 효과적이다. 영어와 한국어는 기본적인 문장구조부터가 다르다. 한국어 어순 그대로 영작을 하면, 어색하고 촌스럽다. 그럴 땐 영어와 한국어를 비교하면서 써보는 것이 도움이 된다.

나는 쉽게 공부할 수 있는 재료로 영자 신문을 선택했다. 영자 신문은 모바일이나 PC를 통해 무료로 검색해서 읽을 수 있다. 모든 기사가 무료는 아니다. 그러나 하루에 1~2개의 지문으로 영어 공부를 매일 한다고 하면 무료 기사만 읽어도 충분하다.

● 마음에 드는 기사나 칼럼을 선택하여 읽는다

〈중앙일보〉 영자 신문과 해커스영어의 영자 신문 읽기를 추천한다. 모바일이나 PC에서 https://koreajoongangdaily. joins.com/ 주소의 웹사이트에 접속한 다음, 전체 기사를 읽어도 좋다. 카테고리 중에 〈영어학습〉을 선택하면, 공부에 유익한 기사들이 쭉 뜬다. 거기서 관심이 가는 기사를 골라 읽으면 된다. 또한, 쉬운 수준의 영자 신문 공부를 하려면, 해커스영어의 영자 신문 읽기를 활용해도 좋다. 초급과 고급으로 구분돼 있는데, 쉽게 영자 신문 읽기를 시작하고 싶다면 초급을 선택해서 읽으면 된다.

- ● 영어로 문장을 따라 쓴다

 영어로 문장을 따라 쓸 때는 될 수 있는 대로 암기를 하면서 써보도록 해보자. 그냥 눈으로만 읽고, 손으로 따라 쓰기만 하면 효과가 미미할 수 있다.『읽기와 쓰기를 다 잘하고 싶은 사람이라면 지금 당장 베껴 쓰기』의 저자 송숙희는 의무적 베껴 쓰기는 효과 없는 자기 위안이라며, 적극적이고 주도적인 베껴 쓰기를 권한다. 나도 문장을 따라 쓸 때 비슷한 경험을 했다. 아무 생각 없이 눈으로만 보고 쓸 때는, 재미도 없고 손만 아프다. 그러나 문장을 음미해보고, 생각하면서, 능동적으로 베껴 쓸 때는 시간은 오래 걸리지만 재미있었다.

 영어 문장을 따라 쓸 때 한 번에 암기가 어렵다면 끊어서 따라 써보자.

English/ started/ being used in Britian/ in the 5th century/ when three tribes/ from Germany (the Angles, the saxons, and the Jutes)/ arrived/ in Britain.

 위의 문장은 언뜻 봤을 때 굉장히 길어 보이지만 구조는 간단하다. 문장은 주어와 동사, 구(전치사+명사)로, 절(주어, 동사) 이루어져 있다. 문장형식도 1형식에 지나지 않는다.

● 한국어로 따라 쓴다

A4용지를 반으로 접는다. 왼쪽에는 영어로 문장을 따라 쓰고, 오른쪽에는 한국어로 쓴다. 처음에 한국어로 문장을 쓸 때는 끊어서 작성하면 좋다. 위의 영어 기사를 한국어로 써본다면 다음과 같다.

영어는/ 시작했다/ 영국에서 사용되기/ 5세기에/ 세 개의 부족(앵글족, 색슨족 그리고 주트족)이/ 독일로부터/ 도착했다/ 영국에.
끊어서 작성해보고 나서는 한국어의 어순으로 다시 한 번 정리한다.

영어는 5세기에 독일로부터 세 개의 부족(앵글족, 색슨족 그리고 주트족)이 영국에 오고 나서 사용되기 시작했다.

한국어로 문장을 따라 쓰면 확실한 영어의 뜻을 알게 된다. 모호했던 영어 표현들을 한국어로 쓰면서 정확히 파악하는 것이다.

● 영어로 요약해본다

하나의 기사를 다 읽고 나면 영어로 요약해보자. 처음부터 욕심을 낼 필요는 없다. 한 문장이라도 좋다. 신문 기사에 나온 문장을 활용해서 영작을 해보면 된다. 어려우면 단어 하나만 바꿔도 좋다. 그렇게 차츰 문장을 늘려가면 된다. 유의어 사전을 이용해서 동사나 명사를 바꿔보는 것부터 시작하자.

위에서 설명한 과정을 한 문장씩 시작해보자. 따로 영어 공부를 시간 내서 하려고 하는 것보다 틈새 시간을 활용하자. 쉬운 문장부터 시작하면 시간도 오래 걸리지 않는다. 다만 한 편의 기사를 다 끝내려면 한 달이 걸릴 수는 있다. 그러나 기사 내용을 철저히 파악했고, 다시 한글을 보고 영작할 수 있게 된다면 충분하다. 한 달에 30문장을 쓰고 익히는 셈이다.

1993년부터 460여 편의 영화를 번역한 이미도 번역가도 영어 잘하는 비법으로 베껴 쓰기를 추천했다. '영어 공부를 할 때는 베끼고 적어야 산다'며 '필사즉생'과 '적자생존' 두 가지 핵심 키워드를 제시했다.

"3만 5000개의 어휘가 수록된 미국 초등학생용 영영사전의 내용을 매일 한 페이지씩 베끼기를 1년, 동화책이든 에세이든 영어 스토리 적어보기를 1년. 이 방법대로 2년만 투자해서 선행학습을 한 후에 듣기와 말하기를 집중적으로 공부하면, 누구든 영어를 능숙하게 할 수 있어요."

이처럼 영어를 잘하는 방법으로 베껴 쓰기를 권한다. 손으

로 쓰는 것은 뇌를 자극하여, 특히 영어 작문에 아주 큰 도움이
될 수 있다. 영작을 공부하는 데도 큰 요령이 없는 것이다. 매
일 쓰고 꾸준히 익히는 수밖에 없다. 나도 아직 다른 영역에 비
해 영작은 어렵다. 그러나 하루 한 문장씩 영어로 베껴 쓰고 한
글로 따라 쓴다면, 1년이 지났을 때 360문장을 자유자재로 쓸
수 있지 않을까?

처음부터 욕심낼 필요는 없다.
한 문장이라도 좋다. 차츰 문장을 늘려가면 된다.
그렇게 한 달, 6개월, 1년을 지속하면
원하던 목표에 닿을 것이다.

Chapter 5

또 다른
꿈을 위하여

약사가 되기까지 10년,
조금 늦게 가도 괜찮아

2017년, 나는 한창 회사에서 일하고 있었다. 정신없이 바쁘게 일을 하다가 퇴근할 무렵이 돼서야 핸드폰을 확인했는데, 나는 놀라 뒤로 자빠질 뻔했다.

〈6xxxxxxx 이주연〉님은 제68회 약사 국가시험에 합격하셨습니다. 국시원.

내 눈을 믿을 수가 없었다. 내가 알기로 합격 발표는 다음 날이었는데, 예상보다 하루 먼저 발표가 났다. 약사고시 합격률은 상당히 높다. 사법고시, 행정고시, 공무원 시험에 비해서 말이다. 또한, 상대평가가 아니라 절대평가 방식이다. 즉 내가 열심히만 하면 합격하는 데 큰 무리가 없는 것이다. 그러나 나는 외국 약대 출신이고, 회사에 다니고 있던 중이었던 터라 솔직히 불안했었다.

약사고시는 총 15개의 과목을 시험을 친다. 시험 합격을 위해서는 합격기준을 잘 알아야 한다. 합격을 하려면 350개 문제 중에 210개 이상, 즉 60% 이상을 맞춰야 한다. 하지만 과락 기준이 있어서 이것을 놓치면 불합격이다. 과락은 과목별로 40% 이상을 맞아야 면할 수 있다. 결국 포기하는 과목 없이 골고루 공부해야 합격할 수 있는 것이다.

사실 약사고시를 준비하는 동안 엄청 애를 먹었기에 합격 소식이 정말 달콤했다. 합격 문자를 확인했을 때 30분 정도 근무시간이 남아 있었지만 더 이상 일을 할 수 없었다. 너무나 기다려온 합격 소식에 오히려 얼떨떨했기 때문이다.

약사고시를 치른 후에 굉장히 아쉬웠다. 합격할 수 있을지 확신이 들지 않았지만 '만약 불합격하면 내년에 다시 보면 되지'라는 마음으로 나를 위로했다. 그래도 한편으로는 꼭! 합격하고 싶었다. 한국의 약사고시를 통과해야만 진정으로 약사가 될 수 있으리라는 생각 때문이었다. 빨리 합격해서 10년 동안 바라던 꿈을 이루고 싶었다. 조금 늦었지만 결국 돌고 돌아, 한국 약사가 되기까지 10년의 세월이 걸린 셈이다.

'1만 시간의 법칙'이란 말이 있다. 무엇이든 최소 1만 시간 정도의 훈련을 해야 어떤 분야의 전문가로 거듭날 수 있다는 법칙이다. 심리학자 앤더스 에릭슨이 연구를 통해 입증한 내용은 다음과 같다. 세계적인 바이올린 연주자와 아마추어 연주자 사이의 실력 차이를 조사했을 때 우수한 집단은 연습시간이 모두 1만 시간 이상이었다고 한다. 1만 시간은 결코 짧은 시간이 아니다. 매일 3시간 이상씩 무언가를 이루기 위해서 노력한다면 10년이 걸린다.

무언가를 이루려면 1만 시간을 투자해야 한다는 생각에 나도 동의한다. 처음 약대 편입을 준비하기 시작한 나이는 스물넷이었다. 약대 편입에 실패하고 우연한 기회에 헝가리 약대에 입학한 나이는 스물여섯이었다. 서른하나에 헝가리 약대를 졸업하고, 한국에 들어와 제약회사에 취업했다. 회사에 다니면서 약사고시를 보기 위한 일련의 과정들을 준비하고 시험을 봤다. 내가 졸업한 헝가리의 세게드 약대는 한국에 인증이 돼 있지 않아서 약사고시를 보기 위해서는 인증절차를 밟아야 했다.

그리고 내가 서른넷이 되던 해에 드디어 약사고시에 합격한 것이다. 스물넷부터 서른넷까지 10년의 세월을 환산하면 1만 시간이 되지 않을까?

"모차르트도, 비틀즈도, 스티브 잡스도, 김연아도
그들의 성공을 만든 것은 타고난 천재성도, 노력도 아닌
1만 시간 이상의 노력과 고통이었다.

노력은 보이지 않는다.
눈에 보이는 것은 결과뿐이다.
그리하여 다른 이의 성공은
타고난 천재성과 행운으로 치부되기 마련이다."

　TvN 〈응답하라 1994〉 13화 '1만 시간의 법칙'에 나오는 대사다. 이 대사가 흘러나올 때 눈시울이 뜨거워졌던 기억이 난다. 나에겐 약사가 되는 것이 성공을 의미했다. 성공하려면 타고난 천재성보다는 노력과 고통을 이겨내야 했다. 그런 나에게 이 대사가 큰 위로가 됐다. 드라마를 시청했을 때는 4학년 1학기쯤이었다. 1년만 더 버티면 그토록 원했던 약대 졸업이었다. 하지만 한국에서 약사고시를 볼 수 있을지는 의문인 상태였다.

　그렇게 5년을 무사히 졸업한 뒤에 나는 한국 약사가 되는 꿈을 포기하지 않았다. 중간에 위기도 있었지만, 잘 극복했고 이렇게 끝을 냈다. 단순히 운이 좋아서였을까? 물론 운도 따랐겠

지만 10년 동안 끈기 있게, 끝까지 노력한 덕분이라고 생각한다.

앤젤라 더크워스는 그의 저서 『그릿』에서 '성공한 사람들'의 성공 요인이 재능이 아니라 꾸준한 노력에 있다고 설명한다. 미국의 육군사관학교에서 5명 중 1명은 끝까지 졸업하지 못하고 중도에 포기한다고 한다. 그 힘든 과정을 끝까지 버틴 사람은 시험 점수가 높은 사람, 체력이 강한 사람, 정치인의 추천을 받은 사람이 아니었다. 오히려 어려움, 역경, 슬럼프가 있는 사람들이 포기하지 않고 끝까지 노력하는 태도로 목표를 이뤄낼 수 있었다. 이렇게 뜨거운 열정과 흔들리지 않는 끈기의 조합, '그릿(Grit)이 높은 사람들이야말로 스스로 원하는 바를 꾸준히 달성한 것이다.

재능이 있는 사람은 처음에 쉽게 원하는 것을 이루어, 노력의 중요성을 깨닫지 못한 채 성장하게 된다. 그러나 평범한 사람은 노력을 통해 하나씩 이루어 나갔다. 결국 성공은 재능과는 상관없이, 꾸준히 얼마만큼 노력할 수 있느냐에 달린 것이다.

얼마 전 우연히 신문에서 마흔셋에 의대에 가서 마흔일곱에 미국 의사가 된 이완수 소아과 원장의 사연을 봤다. 그는 미국에서 의사가 되고 싶어 마흔셋에 도미니카 공화국으로 의대

처음 약대 편입을 준비하기 시작한 나이는 스물넷,
헝가리 약대에 입학한 나이는 스물여섯,
약대를 졸업하고, 제약회사에 취업한 나이는 서른하나,
회사에 다니면서 약사고시에 합격한 건 서른넷.

스물넷부터 서른넷까지
10년의 세월을 환산하면 1만 시간이 되지 않을까?
그 시간 동안 포기하지 않고 쏟아부은 노력으로
마침내 결과를 일궈낸 것이다.

유학을 떠났다. 도미니카 의대는 등록금이 저렴했고, 졸업 후에 미국 의사 면허시험을 볼 수 있다는 이점이 있었다.

그는 수업을 받기 위해 스페인어를 배우고, 의사 면허시험을 위해 영어를 공부했다. 24시간 중에 몇 시간 자는 시간을 빼놓고는 공부에만 몰두했다. 마흔일곱, 드디어 의사 면허시험에 합격하고 레지던트 생활을 시작했을 때 그가 느낀 감격은 이루 말할 수 없었다.

"우리의 앞날을 아무도 알 수 없듯이 내 안의 잠재력은 발휘해봐야 그 한계를 알 수가 있어요. 그때 그런 결정을 하지 않았다면 지금의 저도 없었을 거예요. 꿈을 위한 도전에는 절대 나이 같은 건 중요하지 않다고 생각합니다."

이완수 원장의 말에 나는 뭉클해졌다. 나도 약사고시에 최종 합격을 하고, 면허증을 받던 순간에 그동안 고생했던 장면이 파노라마처럼 지나갔다. 그리고 가장 중요한 한 가지를 깨달았다. 내가 정말 바라고 원하는 꿈이 있다면, 포기하지 않고 도전한다면 언젠가는 목표를 이룰 수 있다는 것이다. 스물여섯, 헝가리에 처음 갔을 때 나이 때문에 주눅이 들었다. 그러나 나이는 중요하지 않다. 내가 하겠다는 의지만 있으면 무엇이든지 할 수 있는 것이다.

"성공의 비결은 목적의 불변에 있다.
하나의 목표를 가지고 꾸준히 나아간다면 성공한다.
그러나 사람들이 성공하지 못하는 것은
처음부터 끝까지 한길로 나아가지 않기 때문이다.
최선을 다해서 나아간다면
벽을 뚫고 만물을 굴복시킬 수 있다."

영국의 소설가이자 정치가인 벤자민 디즈레일리가 한 말처럼 성공의 비결은 대단한 것이 아니다. 한 가지 목적을 향해 나아가는 성실함이 큰 비결이다. 하나의 목표를 정해서 꾸준히 인내를 갖고 시도해보자. 나도 10년이라는 시간 동안 약사라는 하나의 목표를 향해 나아갔기에 달성이 가능했다.

오늘부터 한 걸음씩 앞으로 나아간다면
그것으로 충분하다.

내가 원하는
삶의 가치, 나눔

　세게드 약대 입학시험을 보고 돌아오는 길이었다. 부다페스트 서부역에서 아시아인 부부가 노숙자를 대상으로 한 급식 봉사를 하고 계셨다. 지나가던 나와 동생이 한국어로 이야기하는 것을 들으셨는지 부부는 우리에게 다가왔다.

　"한국 학생들 같은데 부다페스트에서 공부하는 중인가요?"

　"아니요, 저는 노르웨이에서 공부하고 있어요. 언니가 세게드 약대 입학시험을 봐서 거기에 갔다가 부다페스트에 잠깐 들렀어요."

　"어머나, 반가워요. 우리는 한인교회 선교사예요. 노숙자들에게 급식 사역을 하고 있어요. 혹시 부다페스트에 머무는 동안 잘 곳이 마땅치 않으면 우리집에서 지내도 돼요."

두 분은 우리를 처음 보았지만 살갑게 대해주셨다. 나는 이때 그분들을 보면서 나누는 삶을 직접 실천하시는 모습이 대단하다고 느꼈다.

그러고 보니 나는 어릴 적부터 나눔에 대해 많이 생각했던 것 같다. 어린 시절에 가장 좋아했던 책도 의료 관련 종사자들의 위인전이었다. 가장 기억에 남는 책은 『슈바이처』였다. 알버트 슈바이처는 아프리카에 가서 봉사활동을 하기 위해 의사가 된 인물이다. 봉사에 자신의 삶을 바친 슈바이처의 생애가 나에게 큰 의미로 다가왔다.

내가 약사가 되고 싶었던 가장 큰 이유는, 앞에서도 말했듯이 사람들을 도와주고 싶었기 때문이다. 지금까지 살아오면서 나도 도움을 많이 받았다. 이제는 받았던 도움을 다른 사람들에게 나눠주고 베풀고 싶다는 마음이었다.

2학년 때 생리학(Physiology)을 공부하는 중에 도움을 받은 일이 있었다. 생리학 과목도 역시나 쉽지 않아서 나는 공부를 하면서도 마치 길을 잃은 느낌이었다. 그래서 주변 친구들에게 도움을 요청하기 시작했다.

"도대체 생리학 공부는 어떻게 해야 하니? 너무 양이 많아서 공부할 엄두가 나지 않아. 수업시간에 준 PPT 자료는 짧은 요점정리여서 이것만으로는 이해가 안 돼. 시험 볼 때도 이 자료만으로는 충분하지 않을 것 같아."

이런 나의 고민을 친구, 선배, 심지어 의대, 치대에 재학 중인 친구들에게도 하소연했다. 나의 룸메이트 안나에게도 이야기했는데, 고맙게도 영어로 된 정리파일을 건네줬다. 나는 이것을 참고하여 다시 공부를 시작할 수 있었다. 첫 파이널 시험은 통과하지 못했지만, 두 번째 시험에서는 패스하여 유급 없이 3학년으로 진급할 수 있었다.

거의 친구들의 도움 덕분에 진급한 것이나 다름없었다. 이런 고마운 경험에 나는 약대 후배들을 만나면, 내가 가지고 있는 자료를 아낌없이 줬다. 베풀고 주다 보니 나도 예상치 못한 곳에서 도움을 받기도 했다. 삶은 연결돼 있다. 서로 돕고 상생하며 살아가면, 나에게도 좋은 일로 돌아온다.

3학년 1학기 개강 후 몇 주가 흘렀을 때였다. 나는 약대 건물에서 수업 대기 중이었다. 복도에 앉아 있는데, 까만 머리에 이목구비가 굉장히 뚜렷한 여학생이 나에게 말을 걸었다.

"안녕, 나는 가브리엘라야. 너는 몇 학년이니?"

국적을 알기 힘든 여학생이 나에게 굉장히 또박또박한 미국식 영어를 구사하며 말을 걸었다. 내가 자기소개를 하고 우리는 몇 마디 말을 더 나눴다. 그 이후에는 약대 건물에서 자주 만나기도 하고 친해졌다. 가브리엘라는 1학년으로 입학한 신입생이었다. 원래는 그리스에서 약대를 다니고 있었는데, 학교가 재정위기로 인해 문을 닫은 뒤에도 계속 공부하고 싶어서 유럽의 약대를 알아봤다고 한다. 그리고 헝가리 세게드 약대로 다시 입학한 것이었다.

우리는 서로 많은 이야기를 나눴다. 한국에 있는 내 가족 이야기도 하고, 가브리엘라의 가족 이야기도 들었다. 가브리엘라는 원래 루마니아 태생이었는데 그리스인 부모님이 그녀를 입양했다고 한다. 그녀의 엄마는 미국에서 약대를 졸업하고 약사로 일하셨다고 한다. 그녀도 어린 시절을 미국에서 보내다가 성인이 된 후에 그리스로 갔다. 그녀의 영어가 유창한 것도 그 이유였다.

그녀의 가장 큰 고민은 세게드 약대에 적응하는 것이라고 했다. 일단 세게드 약대의 영어 프로그램에서 나와 같은 아시아인이나 유럽인, 미국인, 아프리카인은 비주류다. 약대의 대다수는 터키인이나 이란인 학생들이 많기 때문이다. 가브리엘라는 이 환경이 생각보다 많이 힘들다고 했다. 나는 그녀에게 처음 한두 달만 지나면 괜찮아질 거라고 위로를 했다.

내가 유심히 지켜보니 가브리엘라는 약대 동기들보다는 다른 학년의 선배나 의대, 치대 학생들과 어울렸다. 영어도 유창하고 그리스의 약대를 다니다 와서 성적도 뛰어났다. 또 미국에서 학창 시절을 보냈기에 교수님과 토론하는 것을 굉장히 즐거워했다. 아마 이런 것들을 이유로 약대의 동기들이 그녀를 시샘하고 질투했던 모양이다. 그녀는 약대의 동기들과 친해지는 게 어렵다고 했다. 그래서 다른 학생들이 쉽게 얻을 수 있는 족보나 학습자료들을 하나도 받지 못하고 있었다.

그런 가브리엘라에게 나는 내가 줄 수 있는 자료들을 줬다. 내가 세게드 약대에서 경험했던 것도 많이 알려줬다. 그렇게 가브리엘라와 자주 어울리면서 영어 말하기 실력도 향상됐다. 그리고 학년은 달라도 시험 기간은 거의 유사해서 도서관에 같이 다니며, 서로 공부하는 것을 격려해줬다. 학교 생활의 어려움을 나누고, 서로 도움을 주고받으며 힘든 시기를 이겨내고 성장할 수 있었다.

"언제 어디서나 누군가에게 도움을 줄 수 있을지 생각하면서 주위를 둘러봐야 합니다.
모든 사람은 자신만의 방식으로 스스로의 가치를 실현할 수 있어야 합니다.

당신 자신이 아닌 다른 사람을 위해서 시간을 할애하십시오.
꼭 기억해야 합니다.
당신은 이 세상에 혼자 사는 것이 아닙니다.
당신의 형제들도 함께 살아가고 있습니다."

슈바이처가 남긴 말이다. 그는 다른 사람들에게 진정으로 도움을 줄 수 있는 삶을 사는 것이 가치 있는 삶이라고 말한다. 세상은 혼자서 살아갈 수 없다. 내가 누군가를 도와주면, 다른 사람들의 삶의 질을 높이고 가치 있게 만들 수 있다.

얼마 전부터 나는 소액기부도 실천하고 있다. 금액은 매달 5천 원~만 원 사이라서 큰 부담은 되지 않는다. 커피 한 잔을 줄이면 할 수 있는 일이다. 『머릿속 정리의 기술』의 저자 도마베치 히데토는 "인간의 뇌에는 자신을 희생하더라도 그것이 타인에게 도움이 된다면 행복을 느끼는 특수한 기능이 갖춰져 있다"고 말했다.

나는 헝가리 부다페스트에서 우연히 만난 선교사 부부를 보면서 나의 삶의 가치를 다시 생각하게 됐다. 사람들을 도와주고 나누는 삶을 살아야겠다고 마음먹었다. 당시에는 아직 세게드 약대에 합격하기 전이었지만 나는 결심했다.

내가 약대에 입학하면 열심히 공부해서

다른 사람들에게 도움을 주는 삶을 살아야겠다.

작은 일이라도 누군가에게 기쁨을 선사하고

그것으로 행복을 느끼는 것이 내 삶의 진정한 가치다.

건강은 건강할 때
지키자

"약사님, 저 작년에 대상포진에 걸렸었는데 올해 또 재발했
어요."

"혹시 최근에 스트레스를 받거나 무리하셨나요? 대상포진
은 재발이 될 가능성은 있지만 높은 편은 아니에요."

"네, 요즘에 신경 쓸 일도 있고 일을 좀 많이 했더니 그런 것
같아요. 저번에도 통증 때문에 고생했는데, 이번에는 저번과
반대편 쪽에 대상포진이 왔어요. 빨리 회복하면 좋겠어요."

최근에 통증 관련 병원이 있는 약국에서 일하다 보니 환자
들과 자주 이런 대화를 나눈다. 내가 생각했던 것보다 더 많은
사람이 대상포진 후유증으로 신경통과 원인 모를 통증으로 고
생하고 있었다. 대상포진을 치료하고 회복했어도 1, 2년 후에

다시 발병하는 사례가 많았다.

대상포진 후 신경통 치료는 주로 약물요법과 신경차단 주사, 레이저 및 전기 자극요법으로 이루어진다. 신경통의 원인은 대상포진 바이러스가 신경을 파괴했기 때문에 나타날 수 있다. 통증은 다양하다. 칼로 쑤시는 듯한 통증도 있고, 벌레가 기어가는 듯한 느낌도 있고, 굉장히 쓰리고 욱신거리기도 한다. 오랫동안 치료를 받은 환자분 중에 아주 극심한 통증을 호소하시는 분도 있었다.

대상포진을 예방하기 위해서는 백신접종도 하나의 방법이다. 하지만 접종을 했는데도 걸린 환자들도 있다. 가장 중요한 것은 면역력을 정상적인 수치로 유지하는 것이다. 대상포진은 면역력이 저하하면서 발생하는 질환이기 때문이다. 면역력을 관리하려면 어떻게 해야 할까? 많은 건강 전문가들은 잘 먹고, 잘 자고, 잘 쉬고, 스트레스받지 말라고 한다.

나도 최근에 면역력 저하를 체감했다. 가장 큰 원인은 수면 부족이었다. 임신 때부터 지금까지 4시간 이상 내리 자본 적이 거의 없다. 아이가 두 돌 지나고 27개월 정도 됐지만, 아직도 내가 옆에 없으면 새벽에 한두 번씩 깬다. 이렇게 수면 사이클이 엉망이니 아침에 일어나면 무조건 커피부터 찾는다. 입맛도 없어서 과자류나 빵으로 때운다. 그러다 보니 속도 편하지 않고 더부룩하다. 변비도 항상 있다. 얼마 전에는 출산 때 생긴 치질이 재발하여 한참 고생을 하기도 했다. 제대로 된 밥을 잘 안 먹으니 오히려 뱃살도 빠지지 않고 내장지방도 크게 늘었다. 아이를 돌보면서 먹을 수 있는 간편하고도 건강한 식사가 무엇일까 고민했다.

그러다 우연히 '생식'을 알게 된 것이다. 생식은 동물성 식품이 아닌 식물성 식품을, 열을 가하지 않고 날것 그대로 먹는 방법이다. 생식을 하면 재료가 지닌 본래의 영양소를 섭취할 수 있다. 황성주는 그의 저서 『생식이 유전자를 바꾼다』를 통해 모든 병은 식생활에서 시작한다고 말했다. 나는 이 주장에 동의한다. 자연과 멀어진 식생활 때문에 현대인은 질병으로 고생하는 것이다. 자연 그대로 고스란히 영양소를 섭취할 수 있는 생식이 필요한 이유다.

생식은 일반식에 비교했을 때 5~6배의 에너지 효율을 갖는다. 하루 세끼를 생식으로 먹으면 더 좋지만, 나는 우선 하루 한 끼 생식을 해보기로 했다. 아이가 혼자서 밥을 먹지 못하니, 밥 먹는 시간은 항상 전쟁터를 방불케한다. 아이 입에 밥 한 숟가락 떠먹이랴, 나 밥 한 숟갈 먹으랴, 밥은 입으로 들어가는지 코로 들어가는지 알 수가 없다. 그냥 배고프고 허기지니까 생존을 위해 식사를 했다. 그러나 생식은 그럴 필요가 없다. 아이 밥을 챙겨주기 전에 미리 우유나 물에 생식 가루를 타 먹으면 된다. 준비해서 먹는 시간까지 5분도 채 걸리지 않는다. 너무나 간편하고 건강한 음식이다. 생식을 우유와 함께 먹으면 배도 부르고, 다른 간식거리의 유혹도 마다할 수 있다.

출산 후 2년이 지났지만, 임신 전 몸무게로 돌아가기가 참 힘들다. 다이어트 보조식품을 구매해서 먹어보기도 했는데, 먹는 동안은 1~2kg 줄어드는 기미가 보였으나, 중단하면 체중이 다시 증가했다. 큰 효과를 보지 못했다. 내가 감량해야 하는 몸무게는 3kg이었다. 한방 식욕억제제를 먹어보기도 했다. 약물 다이어트를 할 수도 있었지만, 부작용이 심하다는 것을 알았기에 한약을 선택했다. 한약은 이틀치 분량이었는데 식욕억제 효과는 있었다. 그러나 심한 두통과 불면증이라는 부작용이 있었다. 다이어트를 하다가 건강을 잃을 것만 같아 더 이상 복용하지는 않았다.

그러다가 건강을 생각하여 먹게 된 생식이 다이어트에 효과가 있었다. 꾸준히 두 달 정도 먹었을 때 2kg 정도 감량됐다. 다른 다이어트에 비하면 속도는 느리지만, 건강하게 살을 뺄 수 있었다. 생식으로 다이어트를 했을 때는 부작용이 없었다. 다이어트는 자연의 원료로 안전하게, 건강을 지키면서 해야 하는 것이다.

생식으로 한 끼를 섭취했을 때 열량은 아주 작다. 160~200kcal 정도이다. 일반적인 성인 남성 하루 권장 칼로리는 약 900kcal, 여성은 700kcal이다. 다이어트에 칼로리 조절은 필수다. 생식은 일반적인 식사에 비해 소식이지만, 에너지 효율성은 높다. 식이섬유도 풍부해서 포만감을 줄 수 있다.

시중에 나와 있는 생식 종류는 정말 다양하고 좋은 것도 많았다. 그런데 갑자기 생식을 직접 만들어서 먹어보면 어떨까 하는 생각이 들었다. 그래서 동생과 함께 『무극생식 만들기』라는 책을 보고 직접 생식을 만들어봤다. 생식의 재료는 곡류, 견과류, 해조류, 과일류, 채소류다. 곡류 22가지, 견과류 6가지, 해조류와 버섯류 3가지, 과일류 2가지, 채소류 21가지를 사용했다. 총 54가지의 재료를 사용했다. 모든 재료는 국산이고, 무농약, 유기농 제품을 이용했다.

생식은 가열하지 않는 것이 핵심이다. 그러기 위해서 온열건조 방식을 이용하여 재료를 말려야 했다. 전기온돌판넬을 구매하여 재료를 하루에서 이틀 정도 건조해줬다. 재료의 수분을 모두 제거하고 건조를 하면, 훨씬 더 담백하고 단맛이 난다. 영양학적으로도 비타민, 미네랄 성분 함량이 높아진다. 말린 후에 맛을 보니 단맛이 나고 그냥 씹어 먹어도 맛있었다. 재료가 지닌 자연 고유의 맛을 느낄 수 있었다. 건조한 재료를 제분소에 가서 곱게 갈았다. 갈고 나면 가루가 되는데, 이것을 물, 우유, 두유, 주스에 타서 하루에 한 끼 혹은 두 끼 정도 먹으면 된다. 정말 간편하다.

건강은 건강할 때 지켜야지, 아프고 나면 소용이 없다. 질병에 걸리면 치료가 힘들고 고통스럽다. 미리미리 건강을 지키고 예방을 하는 것이 중요하다. 가장 중요한 식사습관부터 바꿔보자. 하루에 한 끼만은 건강한 식사를 해보는 것이다. 건강한 식사를 하다 보면 다이어트 효과도 볼 수 있다. 쉽고 간편한 생식을 먹어보는 것도 좋다. 매일 한 끼는 건강을 꼭 챙기자고 다짐하고 시작해보자.

건강을 먼저 챙겨야 삶을 다채롭게 채울 수 있다.
가장 기본은 건강한 식사습관을 지속하는 것이다.
우선 매일 한 끼를 건강한 식단으로 먹겠다는 다짐으로
시작해보자.

누구든 나의 멘토가
될 수 있다

입사 이후부터 2016년 상반기까지 실시한 멘토링 활동을 성실히 수행하였기에 이 상패를 드립니다.

_ 2016년 7월 15일 ㈜○○○

사원 2년 차 때쯤 상을 받았다. 상 이름은 '성실상'이었다. 회사에서 실시한 멘토링 활동을 성실히 수행한 것에 대한 상이었다. 나는 사원이자 멘티였고, 나의 멘토는 나보다 한 살 많은 대리님이었다. 회사에서 매달 내주는 과제를 빼먹지 않고 했더니 상을 받았다. 보상은 트로피와 상금 10만 원이었다. 대외적으로 큰 상을 받아본 것은 처음이어서 기분이 좋았다.

멘토의 사전적 의미는 현명하고, 정신적으로나 내면적으로나 신뢰할 수 있는 상담 상대, 지도자, 선생님의 뜻으로 쓰인다. 멘토라는 단어는 호메로스의 《오디세이아》에서 유래되었다. 이야기 속에서 오디세우스는 트로이 전쟁에 출정하려고 떠나면서 친구 멘토르에게 아들 텔레마코스의 교육을 부탁한다. 멘토르는 오디세우스의 부탁대로 텔레마코스의 스승, 조언자, 아버지, 대리인으로서 역할을 한다. 멘토라는 말의 어원이 바로 이 멘토르로부터 나온 것이다.

멘토는 한 사람의 인생을 이끌어주고 현명하게 도움을 주는 사람이다. 꼭 자신보다 나이 많은 사람을 멘토로 삼을 필요는 없다. 나이에 상관없이 조언을 줄 수 있는 사람이면, 충분한 멘토의 자격을 가졌다고 생각한다.

직장생활에서 가장 좋았던 점을 꼽으라면 멘토가 있다는 것이었다. 내 주변 사람들은 모두 나의 멘토였다. 나보다 직급이 높은 대리님, 과장님, 차장님, 부장님뿐만이 아니었다. 나와 같이 일하고 있는 동료나 직급이 낮은 사람들도 나의 멘토였다. 나는 사람들의 일하는 방식을 옆에서 보고 배웠다. 처음에는 이메일 하나를 쓰고 보내는 것도 굉장히 어려웠다. 나의 멘토들이 어떻게 쓰는지 보면서 자연스레 배웠다.

멘토가 있으면 일을 훨씬 쉽게 배울 수 있다. 내가 목표한 바를 빠른 속도로 달성할 수 있게 해준다. 즉 꿈을 이루는 데 시간을 절약할 수 있다. 『내가 멘토에게 배운 것』의 저자 스티븐 스콧은 실패하는 원인에 대해 꿈을 이루지 못한 보통 사람들을 따라 했기 때문이라고 말했다. 그와 같은 고등학교를 졸업한 영화감독 스티븐 스필버그는 불가능해 보이는 꿈을 이루는 엘리트를 모방했기에 성공할 수 있었다고 한다. 그러면 멘토는 어디서 찾을 수 있을까?

● 첫 번째, 책에서 멘토를 찾을 수 있다

매년 자기 계발서와 자서전들이 끊임없이 출간된다. 서점에 가서 내가 관심이 가는 분야에 관한 자기 계발서를 읽어보자. 하지만 반드시 같은 분야에서 일하는 사람이 멘토일 필요는 없다. 내가 닮고 싶은 사람이 쓴 책이면 된다. 그 사람이 어떻게 꿈을 이루었는지, 보고 따라 해보면 된다.

조연심 작가는 11년 동안 10권의 책을 출간한 퍼스널 브랜딩 전문가다. 그녀는 역사 속 대가들을 분야에 따라 멘토로 삼았다. 찰스 핸디(포트폴리오), 톰 피터스(프로젝트), 필립 코틀러(브랜드), 히데요시 야마모토(퍼스널 브랜딩), 린다 그래튼(인적자원관리), 이들이 모두 그녀의 멘토였다. 조연심 작가처럼 분야별로 세세하게 멘토를 설정해도 된다. 책 속에서 멘토를 찾다 보면, 내가 진정으로 하고 싶은 일도 찾아질 것이다. 언제 어디서든지 쉽게 찾을 수 있는 나만의 멘토를 책에서 발견해 보자.

● **두 번째, 주변에서 멘토를 찾아보자**

회사에서 일한다면 동료나 상사가 멘토가 될 수 있다. 학생이라면 선생님이나 나보다 성적이 좋은 친구가 멘토가 되기도 한다. 때로는 가족이 나의 멘토가 될 수 있다. 나는 중요한 일이 생기면 항상 부모님과 상의를 해서 결정을 했다. 이런 경우 나의 멘토는 부모님이었다. 책 『1분 멘토링』에 그에 관한 예시가 잘 나와 있다.

"좋은 멘토는 어디에 있는지 누구도 모르는 법이야. 아빠의 첫 멘토는 고등학교 선생님이었지."

"엄마의 첫 멘토는 옆집에 살던 여성 기업가였어."

"잠재적인 멘토는 바로 네 옆에 있단다."

멘토는 거창한 게 아니다. 멀리 있지도 않다. 나의 주변을 둘러보고 나에게 현명한 조언을 해줄 수 있는 사람이면 된다. 내가 속해 있는 환경에서도 얼마든지 멘토를 찾을 수 있다. 나의 주변을 살펴보자.

- ### 세 번째, 인터넷을 활용해서 멘토를 찾아보자

어느 정도 육아가 익숙해졌을 무렵, 나는 예전부터 하고 싶었던 고전 공부를 시작했다. 그런데 혼자서는 무엇을 어떻게 읽어야 할지 도무지 엄두가 나지 않았다. 그래서 인터넷 검색을 통해 내가 하고 싶은 고전 공부를 할 수 있는 네이버 카페를 찾았다. 그곳에서 책 쓰기의 길을 열어준 멘토도 만날 수 있었다. 혼자 힘만으로 내가 원하는 것을 다 이루기는 힘들다. 멘토를 만나서 도움을 받으며 내가 원하는 목표를 이루면 된다. 성공한 사람들에게도 모두 멘토가 있다.

- ### 네 번째, 멘토가 한 명일 필요는 없다.

생식에 대해서 공부할 적에는 책에서 멘토를 찾았다. 블로그를 활용해서 멘토를 찾기도 했다. 그러자 멘토가 순식간에 여러 명이 됐다. 생식 분야에서 이미 많이 알려진 저자의 책을 읽고 공부하면서, 블로그에서 만난 멘토에게 어떻게 생식을 만들면 좋을지 조언을 구했다.

멘토가 너무 많으면 배울 게 많아서 힘들 수 있다. 그러나 두세 명 정도 내가 원하는 분야에서 성공한 사람들을 멘토로 정하고 그들의 비법을 공부하자. 이들을 통해서 나만의 방식을 새로 만들어낼 수도 있다. 마지막으로, 멘토를 통해서 어느 정

도 배웠다면 나도 다른 사람의 멘토가 돼보자. 내가 멘토로서 다른 사람을 도와준다면 이 또한 많이 배우고 성장하는 계기가 된다. 도움을 요청한 사람도 이득을 얻고, 나도 발전하면서 서로 선순환하는 삶을 살 수 있지 않을까 생각해본다. 미국의 대통령 존 퀸시 애덤스는 말했다.

> "당신의 행동으로 다른 사람들이 더 많은 꿈을 꾸고,
> 더 많은 것을 배우고, 더 많은 것을 하고,
> 더 나은 사람이 된다면 당신은 리더다."

나는 평생 공부하는
약사를 꿈꾼다

　최근에 약사들을 대상으로 하는 강의를 들었다. 강의하시는 분은 의사로 재직 중인 교수님이셨는데, 강의 때 하신 말씀이 굉장히 와닿았다.

*　　"의료인은 평생 공부해야 합니다.*
*　　의료기술은 반감기가 있기 때문입니다."*

　반감기란 어떤 양이 초기의 값의 반으로 줄어드는 데 걸리는 시간을 의미한다. 약학에서도 많이 쓰이는 용어로, 의약품의 혈중농도가 절반으로 되는 데 걸리는 시간을 가리킨다. 의료기술과 약물이 시간이 지나면서 차츰 사라지고 새로운 것들로 대체되는 흐름에 따라 의료인은 평생 공부를 해야 한다는 말이다.

약사법에 따라서 약사는 매년 정기연수교육 8평점을 이수하여야 한다. 특히 약국개설 및 근무 약사로 총 근무 기간이 6개월이 초과하면 교육을 받아야 한다. 나도 올해 파트타임 약사로 일하고 있어서 온라인으로 과목을 이수하였다.

최근 개국약사로서 미국 전문약사 임상약학 분야 자격을 취득해 화제를 모은 최약사님도 약사는 평생 공부를 해야 한다고 말했다. 질병의 최신 지견이나 새로운 약물에 대해서 끊임없이 공부해서 현재의 이슈를 따라가야 하는 것이다.

나는 한때 약사고시만 합격하면 공부는 절대 다시 안 하겠다고 생각했었다. 그만큼 공부에 질렸다고 해야 할까. 그러나 약사고시는 약사가 되기 위한 최소조건에 불과했다. 내가 아픈 사람들을 도와주고, 그들에게 조언을 주려면 공부는 필수였다. 학교에서 배운 지식으로는 많이 부족하다는 것을 깨달았다.

약사로서 당연히 해야 하는 약학 관련 지식에 대한 공부도 계속 이어가야 하지만, 예전부터 미뤄두었던 진짜 공부도 하고 싶었다. 그것은 고전 읽기였다. 아이가 어렸을 때부터 고전을 읽었으면 좋겠다는 생각을 하고 있었는데, 그러기 위해서는 엄마인 내가 고전을 먼저 이해하고 있어야 할 것 같았다.

『칼비테의 인문고전 독서교육』을 쓴 임성훈 작가는 부모가 먼저 독서를 하면서, 인생은 무엇인지, 어떻게 살아야 할지를 고민해봐야 한다고 말한다. 실제로 나도 고전을 읽으면서 인생이 무엇인지, 내가 진짜 하고 싶은 게 무엇인지, 나의 삶의 가치가 무엇인지 생각해보게 됐다. 인문고전을 읽으면서 세상을 바라보는 눈이 달라지고 생각하는 힘을 기르게 된 것이다.

그렇게 책을 읽으면서 필사도 시작했다. 2019년 5월부터 지금까지 한 달에 2권 정도를 읽고 부분 필사를 하고 있다. 내가 읽고 필사한 책들이 어느덧 30권이 넘는다. 대하소설 『토지』도 읽기 시작하여 현재 18권을 읽고 있다. 토지는 워낙 방대한 양이라 온라인 필사 모임에 참가하여 다른 사람들과 함께 읽고 있다.

이 둘의 공통점은 책을 읽는 것에만 그치지 않고, 손으로 문장을 기록한다는 것이다. 필사가 끝이 아니다. 내 생각을 반드시 적는다.

수박 겉핥기식으로 읽지 않고, 쓰고 생각하면서 읽었다. 육아를 하면서 책을 읽고 공부를 했던 시간들이 내게는 아주 소중하다. 앞으로 내가 어떻게 살아가면 좋을지를 알려주는 삶의 지표 같은 역할을 해줬다.

생각하면서 읽고 내 생각을 쓰는 일이 처음부터 쉽지는 않다. 어떤 날은 내 생각이 술술 써지는 날도 있다. 그러나 어떨 때는 엄청난 고민 끝에 한 문장이 나오기도 한다. 생각을 쓰면서 '내가 이렇게 이해한 게 맞을까? 이게 답일까?' 하는 고민을 많이 했다. 어렸을 때부터 주입식 교육에 길들여져서 그런지, 자꾸만 스스로에게 정형화된 답을 요구하고 있었다.

하지만 책을 읽고 생각을 쓰는 것엔 정답이 없다는 것을 알게 됐다. 자유롭게 생각하고 글로 풀어내면 된다. 자꾸 생각을 해봐야 내 삶의 가치관이 생기고, 남의 생각에 휘둘리지 않는다. 단단한 나만의 철학을 완성하며 살 수 있다.

아리스토텔레스는 "무조건 동화되지 않고 자유로운 판단 하에 생각을 품는 것이 교양인의 증거"라고 했다. 사람은 누구나 자유롭게 생각하고, 판단을 하며 살아야 한다는 말이다. 고전을 제대로 읽으면서 생각을 해보자. 세상을 바라보는 눈을 갖고 남들과 다른 가치를 찾을 수 있을 것이다.

고전 읽기를 하고 나서 나에게 일어난 가장 큰 변화는 책 쓰기를 하고 싶다는 생각이 든 것이었다. 나는 항상 글을 잘 쓰고 싶다는 생각은 있었다. 그러나 내가 작가가 되어 책을 쓰는 건 한 번도 상상해본 적이 없었다. 그런데 인문고전을 읽기 시작하면서 내 이름으로 된 책을 쓰고 싶다는 생각을 하게 된 것이다. 더 나아가서는 내가 공부했던 약학과 건강을 테마로 하여 글을 쓰고 싶다는 포부도 갖게 되었다.

최근에는 코로나19로 인해서 외부로 운동을 하러 가는 것도 망설여졌다. 그래서 시작한 온라인 모임이 요가와 감사일기 모임이다. 3개월 정도 지속하고 있다. 매일 하루 10분~15분 쉬운 동작 위주의 요가를 하고 감사일기를 작성한다. 그것을 사진으로 남겨서 카톡방에 올린다. 요가를 하면서 몸의 긴장을 풀고, 감사일기를 쓰면서 마음의 근육을 단련한다.

이렇게 다양한 활동을 매일 조금씩 하면서 성장하고 있다. 혼자 하지 않고 함께 하기에 포기하지 않는다. 물론 중간에 하루 이틀은 사정 때문에 빼먹을 수도 있다. 도중에 잠깐 쉬어가더라도 다시 일어서는 것이 중요하다. 인생은 장기간의 레이스다. 무엇이든 조금씩 해 나가다 보면 1년, 3년, 5년 그리고 10년 뒤엔 크게 달라질 수 있다는 걸 확신한다.

지금의 나 또한 성장해 나가면서 다른 사람들에게 많은 도움을 받고 있다. 몇 년 후에는 나도 다른 사람들에게 나의 경험과 지식을 나눠드리고 도움을 줄 수 있을 것이다. 서로서로 도움을 주고받고 선한 영향력으로 함께 살아가는 사회를 꿈꾼다.

"지혜는 학교에서 배우는 것이 아니라
평생 노력하여 얻어지는 것이다."

천재 물리학자 알베르트 아인슈타인의 말이다. 그의 말처럼 지혜를 얻기 위해서 평생 노력하고 공부해야 한다. 공부하면 나의 삶의 질이 올라간다. 공부함으로써 더 나은 미래를 준비할 수 있다. 삶을 바라보는 시각이 달라지고 시야가 넓어진다.

나는 왜 평생 공부하려고 할까? 나만의 지혜, 남들과는 다른 나만의 철학과 원칙을 기르고 싶기 때문이다. 나는 평생 공부하고 나눔을 실천하는 약사를 꿈꾼다. 다른 사람들에게 나누기 위해서는 끊임없이 성장하는 것이 필요하다고 생각한다.

평생 공부하는 약사가 되기 위해
오늘도 나는 공부를 한다.

지금의 나 또한 성장해 나가면서
다른 사람들에게 많은 도움을 받고 있다.

몇 년 후에는 나도 다른 사람들에게 나의 경험과
지식을 나눠드리고 도움을 줄 수 있을 것이다.
서로서로 도움을 주고받으며
선한 영향력으로 함께 살아가는 사회를 꿈꾼다.

**스물넷,
약사가
되기로
결심했다**

초판 1쇄 인쇄 2021년 8월 10일
초판 1쇄 발행 2021년 8월 20일

지은이 | 이주연
펴낸이 | 임종관
펴낸곳 | 미래북
본문 디자인 | 디자인 [연:우]
등록 | 제 302-2003-000026호
본사 | 서울특별시 용산구 효창원로 64길 43-6 (효창동 4층)
영업부 | 경기도 고양시 덕양구 화정로 65 한화오벨리스크 1901호
전화 02)738-1227 (대) | 팩스 02)738-1228
이메일 miraebook@hotmail.com

ISBN 979-11-88794-90-4   (03800)